U0115270

文學研究叢書・現代詩學叢刊

島與半島的新詩浪潮

謝瑞隆　蕭　蕭　主編

編者序

千水來潮·東南詩會湧現新浪潮

　　十四年來，明道大學中國文學系暨國學研究所持續辦理各種藝文活動的熱情與理想始終不歇，從明道大學校園出發，推動到高中校園，市區咖啡館、福興穀倉、臺北紀州庵、阿里山詩路，甚至渡過海峽與大陸合辦閩南詩歌節，參與湖北秭歸縣屈原文化節，綿綿不絕的活動實踐，傳遞的是一份文學深耕的期待，誠如詩人蕭蕭（本校人文學院院長）的理念──透過詩歌節等人文活動，協助青年學子、各地民眾發現自我生命的意義與價值，從而建立積極、正面、樂於分享的人生態度，並經由人文素養、品德教育的積累，陶鑄成立足天地、環視穹宇，既自由又寬闊的精神內涵，建構出充滿自信的軟實力，實是大學文學情意教育責無旁貸的重責大任。

　　基於人類文明與水有著一種難以切割的歷史情緣，明道大學從 2008 年乃以學校所在地彰南平原的生命之源──舊濁水溪為底域，持續辦理「濁水詩詩歌節」。今年（2016 年）適逢濁水溪詩歌節 9 周年，在這個具有長長久久的紀念性里程碑，本年度活動擬將濁水溪詩歌節從臺灣中部藝文盛事進一步躍升為國際性文化活動，並將詩歌的傳唱從臺灣中部的濁水溪流域經由「水」的無垠無涯連接臺灣島外各島，體現文學跨越地域、國族的包容力。在詩人蕭蕭院長的引領下，獲得文化部「翡翠計畫」之贊襄，推動「2016東南詩會──東南亞詩人的臺灣水文化之旅」計畫，計畫透過「水」文化的牽引，將臺灣詩壇的交流進一步擴展至世界各地，藝文之風猶似麻六甲海峽、臺灣海峽的水，在島與半島間不斷迴旋，因此邀請多位東南亞國籍的詩人來臺與會，促成臺灣與東南亞國家的文化交流，讓境外華文文學的榮光可以照耀臺灣，臺灣文學之美可以發散到世界各地。

　　「2016 東南詩會——東南亞詩人的臺灣水文化之旅」計畫之初，我與蕭蕭院長多次討論，規劃活動主軸之一便是「2016 東南詩會：水的漣接・情的盪漾——濁水溪畔談詩論藝」，詩會主題以「詩人詩觀」為軸，進行國際間的詩作研討，促使詩的創作與研究視野突破地域的限制，促成詩的討論與分享穿越國家的藩籬，提升臺灣詩壇的新視野與創作動能。在文化部與明道大學校方的支持下，透過臺灣詩人彼此間的徵詢，舉薦具有創作能量與代表性的東南亞籍詩人，我們持續與詩人聯繫，確認來臺可能，其間多有波折，最後邀集曾心（泰國）、林煥彰（臺灣）、孫德安（汶萊）、蕭蕭（蕭水順，臺灣）、懷鷹（李承璋，新加坡）、龔華（臺灣）、李宗舜（馬來西亞）、蘇紹連（臺灣）、楊玲（泰國）、白靈（莊祖煌，臺灣）、卡夫（杜文賢，新加坡）、曾美玲（臺灣）、辛金順（馬來西亞）、田運良（臺灣）、方路（馬來西亞）、嚴忠政（臺灣）、林素玲（菲律賓）、方群（林于弘，臺灣）、王勇（菲律賓）、楊慧思（香港）、范軍（泰國）、劉正偉（臺灣）、楊搏（泰國）等詩人參與這場國際性的藝文盛會並發表個人詩論，詩人涵蓋臺灣、香港、新加坡、泰國、菲律賓、馬來西亞、汶萊等地，堪稱是一場國際性詩會。感謝詩人會議前寄來論稿，蕭蕭院長囑我編輯並出版詩論專書，這本專書彙整眾多詩人的詩觀、思想，我相信文中的一字一句的情思將在濁水溪畔沿著水系通往臺灣海峽而激盪世界各地，激盪一波波的新詩浪潮。

明道大學中國文學系副主任　　謝瑞隆

序於開悟大樓

二〇一六年九月九日

目次

曾　心（1938－）

　　生於泰國曼谷，泰籍，祖籍廣東普寧圓山鄉，1967 年畢業於廈門大學漢語言文學系，後深造於廣州中醫學院，並在該院從事教學多年。出版了《杏林拾翠》、與葉崗合著《名醫治學錄》等。

　　1982 年返回出生地，從醫從商。停筆近 10 年後，重拾文學創作之筆，散文、詩歌、短篇小說、微型小說、閃小說、評論都有所涉墨。

　　出版著作：散文、小說集、《大自然的兒子》、散文集《心追那鐘聲》，微型小說集《藍眼睛》、《消失的曲聲》，論文集《給泰華文學把脈》，詩集《涼亭》（中英）、《曾心小詩 100 首》（中泰）、《玩詩，玩小詩——曾心小詩點評》（呂進點評）、《曾心自選集——小詩三百首》等 19 部。

　　研究曾心作品專著：龍彼德的《曾心散文選評》、龍彼德的《曾心散文藝術》和《曾心微型小說藝術》，張長虹編的《曾心作品評論集》，以及一部博士學位論文、近部碩士學位論文等。

　　2010 年獲第 8 屆亞細安華文文學獎，2008 年《三杯酒》獲全球華人迎奧運徵文一等獎，《曾心自選集——小詩三百首》獲首屆國際潮人文學獎　詩歌獎（2000-2012），2013 年《買牛》獲泰華閃小說有獎徵文比賽冠軍，2013 年《屠鱷》獲《黔臺杯·第二屆世界華文微型小說大賽》三等獎，2014 年《心追那鐘聲》獲首屆全球華文散文大賽優秀獎等多項獎項，微型小說《藍眼睛》、《三愣》、《三個指頭》、《捐軀》、《如意的選擇》被選入多種選本、教材和中國各省市中考、高考語文試題。

　　現任廈門大學東南亞華文文學研究中心兼職研究員、泰華作家協會副會長、世界華文作家交流協會副秘書長、泰華「小詩磨坊」召集人、泰國留學中國大學校友總會辦公室主任等職。

寫詩，小詩情思談片

一

　　詩人蔡其矯說：「寫作無論什麼形式，都帶有自傳的性質。」可能有的詩人不同意，認為寫詩「可以有翅膀飛上天空」（雨果語）。但我很同意。因為我覺得自己寫來寫去，總離不開一個「自我」。原生形態的「自我」不能當成藝術，藝術中的「自我」都是「人格自我提煉自我突破和自我淨化」。這個「自我」，有直接的「我」，間接的「我」，無形的「我」，「出世」的「我」，夢中的「我」，甚至靈魂出竅的「我」。

　　我越來越堅信：「我」的心就是詩之心。「我」的靈魂就是詩的靈魂。

　　我寫的小詩，有寫社會、寫大自然、寫情愛、寫生的渴望、寫人的心態、寫風花雪月、寫日常生活、寫念經坐禪等。這些東西，都是我「那雙腳留在地上」（雨果語）所踏及的現實，是充滿自我個性化的現實，感覺化的現實。我力圖將這些踏及的現實，啟動潛在意識，引燃自身的「小宇宙」，助長想像力的翅膀，「飛上天空」，讓「現實」認知的情感，經過沉澱、過濾、感應、化合，淨化、使之昇華為一種既有貼近「現實生活」的影子，又有自己探尋「生命深層意義」的想像和理念。

二

　　我的學兄劉再復曾提出一個觀點：「作家在創作過程中，常常突破原來的設想。因為一旦進行創作，作家筆下的人物就有獨立活動的權利，這種人物將按照自己的性格邏輯和情感邏輯發展，作家常常不得不尊重他們的邏輯而改變自己的安排。」寫小詩，尤其是寫抒情六行以內的小詩，沒有人物的「獨立活動」，是否也常有「突破原來的設想」？我覺得一首小詩的形成，

往往是在日常生活中，或由視覺、聽覺，或由觸覺、味覺、嗅覺等外在感官有所觸動。這種「瞬間」或「剎那」的「觸動」，會立刻「轉向」「內在的感官」、「內在的眼睛」。因為最高的美不能靠肉眼而要靠心眼，要靠「收心內視」（普洛丁語）。只有從「外視」轉向「內視」，從停留在意識層次的「感覺」，進入到潛意識層的「感悟」，才能進入心靈世界精微的創設的審美境界。在這種用「心靈視點，精神視點」（呂進語）的運作中，往往出現三種微妙情況：一是按照原來捕捉的意象，憑「剎那的感悟」，產生「靈感的激流」，「靈感的爆發」，被繆思所俘虜，成了詩的奴隸，不經意地產生一首好的詩。二是按原來外在感官所捕捉到的意象，進入「內視」的運作後，隨著內在感官的認識，有更為複雜得多的美的徹悟，出現一個「突破原來的設想」的意境。三是在進入「內視」任意飛翔的狀態中，思詩出了「軌」，飛到另一個意象「星球」去，構成一首不是原來「意象」而是屬於另一種意境的詩。

三

2003 年，林煥彰當了泰國《世界日報》副刊的主編，他在《湄南河副刊》的左角上方，開闢一個「365 刊頭詩」專欄，每天刊登六行以內的小詩一首。開始我有懷疑：這塊小豆腐乾，能讓詩歌的想像翅膀飛起來嗎？當時我正好事務纏身，沒時間寫長文章，便試試寫點小詩，以免讓我的創作生命停止。於是，我把這些在飯前飯後，在駕車路上，甚至在夢中偶而心靈瞬間閃現的，連自己也不知道是不是小詩的狀態下寫成的東西，寄去湊熱鬧。不料得到主編林煥彰與詩評家落蒂諸多的鼓勵，給我勇氣和力量。

世上的事，有時就這麼蹊蹺：祈求的，沒有收穫；並非期冀的，卻收穫了。我這個開始持著懷疑態度的人，竟然能在這塊小小的園地，騎著「小馬兒」從探路到走路再到有如走火入魔，如癡如醉地「馳騁」，不到三年，竟於 2006 年在泰國出版了第一本六行內小詩集——《涼亭》（中英對照、陳思鴻譯），2009 年出版《曾心小詩點評》（呂進點評），2011 年出版《曾心自選

集——小詩三百首》，2013 年出版《曾心小詩一百首》（中泰對照，陳偉林譯）等，這是我夢中之外，意外之外的收穫。

寫小詩，看來是寫一個生活的鏡頭，寫一朵感情的浪花，寫一點縹緲的思緒與頓悟，寫一地一時景色與情調。但我在編輯此小詩集過程中，卻發現所寫的小詩，既有現實的也有非現實的，多數寫閉上眼睛而心靈閃現的「現實」。但不管哪種「現實」，隱隱約約滲透著支配我生命單純而強列的四種感情：對大自然的熱愛，對情愛的渴望，對知識的追求，對人類苦難不可遏制的同情。

四

詩學界，向來有「載道」之說，即「為人生而藝術」，也有「不載道」之說，即「為藝術而藝術」。我們「小詩磨坊」不管你傾向哪一種，只要憑自己的個性、經歷、氣質與愛好，傾向哪一種都「無忌」；或者兩者兼用，相互參照，相互啟動，摸出一條「載道」與「不載道」的中間路線也好。我們不重視詩學理論上的「纏繞」，而提倡「八仙過海，各顯神通」，自我探索，自我挑戰，大膽創格，寫出或是體驗「時代的悲歡」，或是純粹「語言藝術」的小詩來都好。

我的小詩多屬「載道」之類，林煥彰在《六行，天地寬廣——序曾心小詩集〈涼亭〉》中曾向我建言：「曾心已成就了他的『載道』的任務；下個階段的發展，我想有必要多向『不載道』的方向探索；仍以六行以內的『小詩』作為一種『自我挑戰』的形式，繼續攀登『語言藝術』的更高峰。」林煥彰是傾向詩「不載道」一派的，即「為藝術而藝術」。他提出「玩詩」這個關鍵字，認為「詩是可以玩的」，「玩寫詩，每個人都可以成詩人」，「玩文字、把文字當工具，活用文字，玩得開心」，「一輩子玩寫詩，玩文字、玩創意，玩心情」，「撕撕貼貼，寫詩，畫畫，都是玩玩而已。玩，為自己找一個出口。」，傳播「遊戲觀」的創作理念。的確，林煥彰的「玩」詩，如《影子》、《妹妹的紅雨鞋》、《花與蝴蝶》等，都「玩」出了精彩，成為兩岸三地

的語文課本及各種不同選集中。

也許可以這麼說，詩人的天性就是浪漫。「好玩」也是屬於「浪漫型」之一，而浪漫有大浪漫，也有小浪漫。但憑我的個性、經歷、觀念與愛好，還是偏重於寫詩時，多多少少能把人類的抱負、理想、雄心、夢想等大浪漫注入詩內，同時喜歡注入人類心靈美好的顆粒，讓詩中氤氳著淡淡的心靈美好的笑聲和淚光。

五

回顧中國小詩歷史，多數寫的是「曉暢自然、富於情趣的小詩」。但在六行小詩詩體，能否以小見大，滴水見太陽，寫出一些大體裁，具有重大社會意義主題的小詩呢？我也做了一些嘗試，如寫詠史詩、政治詩、形勢詩等。先看我寫的《家史》：

三代滄桑
　　藏存於塵封的老煙斗

　　歲月的過濾
　　待我吐出時
　　依然是一縷縷的血絲
　　如煙似霧

在歷代詩壇上，寫詠史詩，一般都用敘事長詩，洋洋幾百行，甚至上千行。我試只用六行來書寫。不知能表達清楚嗎？我當時心中無數，直至看到呂進教授的點評：「欲知詩的精鍊，請賞此詩。」我心中才踏實了。

去年中東多處起烽火戰爭，又爆發全球的金融海嘯。這樣錯綜複雜的全球性的大問題，如從正面來寫，非上百行不可。但我選用兩隻逃難的「螞蟻」的對話，來反映這一重大題材。寫了《哭訴》：

一隻說：

「我的老家被導彈擊毀了。」

一隻說：

「我生的蛋都被人挖去吃了。」

兩隻逃難的螞蟻
跪在地球上向天哭訴

呂進的點評：言此意彼，詩在詩外。

泰國歷來是以微笑的國度著稱。但自從軍人政變，原總理塔信逃到國外避難後，在群眾中出現「黃衫軍」和「紅衫軍」兩大派的對立，好像中國文化大革命中的兩大派，造成極大的後患。於是我用洪災後，留存無數的「沉渣」，寫了《局勢》一詩：

洪災之後
給大地留下無數的沉渣

我追問青天：
如何把它打掃乾淨？

天無語
頓時下著傾盆大雨

呂進點評：淚飛化作傾盆雨。

看來六行小詩，體積雖小，只要扭捏得法，就可達到「一花一世界，一葉一佛來」。

六

　　「小詩的特徵是它的瞬時性：瞬間的體驗，剎那的感悟，一時的景觀」
（呂進語）。這是一般小詩的特徵。但一首帶有濃厚的自傳性質的小詩，它
並不像人的「十月懷胎，一朝分娩」。它的「瞬時性來自長期的情感儲備和
審美經驗的積澱」（呂進語）。有的詩「懷胎期」很長，如我寫了一首練功
「悟境」詩，僅僅六行，共 20 個字，卻「懷胎」了二十餘年，才在瞬間中
「分娩」。

　　話要從 1981 年說起，當時中國掀起練氣功熱潮。究竟人體有沒有
「氣」的存在，引起決然不同觀點的爭論。為了要親身探討體內是否有
「氣」的存在，我從中國到泰國一再拜師。不同的「師父」用不同的手勢和
口訣來導引「氣」。我在練功的過程中，既有尋找玄之又玄的「氣」的歡
樂，如「情不自禁，動不由人」等；又有遇到一言難盡的心靈「顫動」，如
「錯覺」、「哭笑」、「翻病」等等。這些是初期修煉氣功出現的「異常」現
象。到了中期就有「靈異」出現，在黑夜靜坐時，可見十指射出光束，有點
像武俠片武打時指尖射出靈光。到了後期，便是「萬法歸宗」，不論用哪種
方法，甚至不用方法，只要一閉上眼睛，就身心即靜，連自己也不知道在哪
裡中，只有一個「空」。

　　經過二十多年親臨「氣場」的體驗，悟到「空」境後，我於 2003 年 7
月 25 日才寫了小詩《入定》：

　　　盤腿靜坐

　　　坐到肌膚
　　　骨骼軀幹
　　　五臟六腑
　　　歸於無

　　　──空

　　唐・白居易有一首詩：《在家出家》：「中宵入定跏趺坐，女喚妻呼多不應。」這是寫靜坐斂心，不起雜念的入定前心境。我這首是寫入定後「空」的境悟。「空」者，佛教指「超出色相理實的境界」。《般若波羅密多經》：「照見五蘊皆空。」《大乘又章》：「空者，理之別目，絕眾相，故名為空。」

　　「入定」後，頭腦處於空無狀態時，一是能得到澄淨空明的「寧靜」，二是有時會「真空妙有」的出現。就是平時積存在心裏深處解不開的「難點」或「疑點」，如寫一首小詩半途「卡住」，或因一句詩，或因一個字，偶而也會在「空」中閃現「不空」，跳出意想不到的閃光的「字眼」或「佳句」。

　　釋萬行云：「朗朗虛空中雖無一物，但超越頭腦以外的那點覺知還是存在的，當外界有信息傳來，這個『空』中立即生起妙有，與此信息相應，用之即有，捨之即無，找不到也丟不掉，空有相應，周流六虛，隱現無常，鬼神莫測矣。」也許可以這麼說：「真空妙有」的出現，就是「靈感」的到來，是可遇不可求的「黃金剎那」，要是「在一剎那上攬取」，乘興而作，往往就會「下筆如有神」、出現「神來之筆」的玄奧。

七

　　禪詩，因純粹心靈感應，能產生空靈境界。如果心靈還有「塵埃」，還擺脫不了佛家所說的「貪、瞋、癡、妄」諸念，就很難寫出那種完全脫離「觀照人生」、「審視世界」、「不食煙火」的空靈境界。只有在「空、無」的境界中，才能產生純粹心靈的禪詩。

　　隨著歲數的增長，在禪坐的「空、無」境中，我也追求「剎那間的頓悟」，寫些含有禪情、禪理、禪機、禪悅而空靈的小詩。

　　說實在話，由「感悟」寫出來的「禪」詩，自己所要表達的「旨意」，往往也是「飄飄渺渺」的，要問其內涵是什麼，很難有確切的答案。此時「讀者要讀懂詩，同樣也要悟」。由於讀者的「悟」有深淺，有高低，就造

成對一首詩的含義理解不同，甚至出現歧義，這是很正常的。

最近，讀了陳賢茂、杜麗秋的《曾心小詩與禪》一文，對寫詩和讀詩的「雙向悟」有較透徹的闡釋：「靈感是詩人進行創作時單方面的思維活動，頓悟則是雙向的。詩人創作時要悟，讀者要讀懂詩，同樣也要悟。下面以曾心的小詩《問路》為例，說明悟在寫詩和讀詩中的重要性。

問路

人生密碼在何方？

順著小溪游入江河；
從江河又跳入大海。

茫茫前程何去處？
問星星，追月亮，趕太陽

要讀懂曾心的這首詩，是頗需要有一點「悟」的靈性的。詩中有兩個設問句：「人生密碼在何方？」「茫茫前程何去處？」在回答「人生密碼」的時候，用的是小溪、江河、大海。在回答「茫茫前程」的時候，用的是星星、月亮、太陽。這兩者之間似乎沒有什麼邏輯聯繫，因此就需要悟。如果我們的理解沒有錯的話，「人生密碼」應該是喻指人的命運，那麼，標題的「問路」，就應該是問人生之路，命運之路。用彎彎曲曲的小溪、江河，比喻人生道路的坎坷曲折，用江河之水匯入浩瀚的大海，比喻前路豁然開朗，人生已進入佳境。「問星星，追月亮，趕太陽」，則是喻指詩人志向的高遠。」

這是陳、杜二教授對「雙向悟」的「導引」式的闡釋。我感到很有「啟悟」，便引出全段來，也讓讀者「悟」一「悟」。

八

退休之年，我的人生又來了一個大轉彎：從懸壺治病，到做社會團體工作。之前，我接觸到的人群，多數是病人，因而我寫的散文，多數與病人有關，被稱為「醫學散文」。現在接觸的範圍大了，有各色各樣的人，尤其是大大小小的僑領，這可以大大豐富我創作生活的體驗。但體驗人生也是痛苦的。有的「僑領」，出錢出力，可歌可敬，但往往財大氣粗，咄咄逼人，給人有很大的壓抑感。因而，時不時讓我憋著一團心中之「火」，似「爆」又非「爆」，有如在《火山》所寫的「使我一直處於／忍與爆之間」。生活和時間漸漸磨掉我的「火性」，情緒沉澱再沉澱，淨化再淨化，日復一日，在我的《日記》中發現自己「已鑄成一個漢字／——忍／可縮短——拉長／壓扁——搓圓」。「忍」還是靜態的，被動的。要如何從靜態轉為動態，從被動轉為主動。現實教育我，要學會做烏龜，即：「遭受欺辱時／把頭縮成一塊硬石／過後／繼續走路」。

由此看來，我平時所思所想，所作所為，所愛所恨，無形中已在心靈鋪墊了創作基石，只要有心去「尋」去「磨」，去向潛意識「宣旨」，腦壁的天空就會閃光，亮出詩之路。

九

寫詩，評詩家很強調「意象」，甚至有的說「沒有意象就沒有詩」。當然，寫小詩，尋找別致而有趣的「意象」是很重要的。但我覺得一首詩，即使有很多立體的「意象」，但它還是孤立的一個個，只有滲入詩人的意識，情感和情緒，並以之為經緯，把「意象」串連起來，重新鑄造有詩人心靈影子的「意境」，詩才能有「眼睛」，閃亮起來，鮮活起來。

寫小詩，受到字與行數的限制。在託物言志，借物抒情時，我喜歡把死物注入生命，把無情「物」轉化為有情「物」，甚至把自己鑽到「物」中去，變成「物」的主人公。如寫石，我就是石，石就是我，我有什麼意識和

什麼情感，石也有什麼意識和情感。因此，我筆下的石，有思想和情緒，有喜怒哀樂，能唱歌跳舞。

詩貴曲。寫「曲徑幽深」的詩是詩人們所追求的，寫小詩也不例外。也許由於我的生性坦直，有些小詩想儘量要寫得「曲」些，但老是「曲」不起來。有時甚至原諒自己，認為寫一望無際的綠草、鮮花、羊群、白雲、藍天，如「天蒼蒼，野茫茫，風吹草低見牛羊」的大草原景色，不也是很美嗎？！

文友說我的詩看得懂。當然，看得懂的詩不一定是好詩，看不懂的詩也不一定是壞詩。但晦澀深奧的詩，會讓人有種「隔」的感覺。當前新詩會走向谷底，我認為，其中一個原因，就是新詩還沒有完全找到「自己」，遠離群眾，拒絕多數群眾的觀賞，只滿足少數人孤芳自賞。因此，我的小詩，儘量避開難懂的字句，追求情緒「場」流出來自然而樸實的語言，甚至近乎口語化，也在所不棄。

有人寫詩不用成語，但我認為：成語內涵精深，凝聚著龍國人的智慧，在關鍵處，自然流溢出來的一個成語，往往比一打形容詞還強。

林煥彰（1939－）

臺灣宜蘭人。小學畢業後失學，曾參加多所函授學校進修，中國文藝協會文藝創作研究班詩歌組結業。文字工作者，業餘寫詩畫畫，並從事兒童文學創作、講學和閱讀推廣。著作已出版百餘種。部分作品譯成十餘種外文，並出版八種外文單行本。童詩及小品文有四十餘首（篇）編入新加坡、中國、臺灣、香港、澳門中小學語文課本等。曾獲中山文藝獎，洪建全、陳伯吹、冰心、宋慶齡兒童文學獎，中華兒童叢書金書獎、澳洲建國二百週年紀念現代詩獎章等二十餘種獎項。

上世紀七十年代初和青年詩人成立龍族詩社，然後投入兒童文學，1982 年起先後發起成立中華民國兒童文學學會、中國海峽兩岸兒童文學研究會，獨力創辦《兒童文學家》；歷任兩會理事長及亞洲兒童文學學會臺北分會會長（八屆），現為中華民國筆會會員、中國海峽兩岸兒童文學研究會理事長。

2003 年起在泰國、新加坡、馬來西亞、印尼、臺灣等國家地區提倡六行（含以內）小詩。同年 3 月應香港教育學院邀請演講，開始提出寫詩、畫畫的「遊戲概念」；玩文字、玩心情、玩寫詩、玩創意；玩線條、玩色彩、玩畫畫、玩創意。2006 年 11 月底離開職場後，自稱效法孔子「周遊列國」，經常應邀國內外講學。2008 年擔任首任香港大學駐校作家。2015 年 4 月舉行《玩，一切都是了遊戲》撕貼畫個展；7 月出版《吉羊．真心．祝福》詩畫集。2015 年 11 月福建少年兒出版社印行《花和蝴蝶》、《童詩剪紙玩圈圈》等五本童詩繪本。2016 年 3 月舉行《諸侯報到．千猴祝福——千猴圖水墨畫個展》，7 月出版《千猴．沒大．沒小》詩畫集等。

認真，詩寫人生

──不會讀書，就勉強寫詩。

人生，有很多不知道；我不知道，
我為什麼會走上寫詩這條路？
而且，一走就要一甲子了！

　　寫詩，我習慣說我從二十歲開始。其實，應該是更早些；大約始於
1957 或 58 年，已經接近一甲子。那時，我在臺灣肥料公司南港廠（第六
廠）工作，當檢驗工，因為剛接觸一本《新新文藝》雜誌，讀到三、五行的
東西，叫新詩，也叫自由詩；心裏想，這樣「我也會」。於是，我就嘗試開
始學習，把自己內心的苦悶、憂愁、鄉愁，或無法對別人傾訴的青澀的感
情，用分行的形式，偷偷寫在日記裏，也不知道那算不算是詩？總之，可以
紓解一些些心裏的塊壘，覺得有療癒作用，甚至認為可以藉它找回一點點、
因為失學而感到丟臉的自尊；於是默默的設法找來相關的書籍閱讀，雖然大
都沒能讀懂，卻也沒想到要放棄。後來，大約也有一兩年吧，當我讀到日本
文學家廚川白村的一句話「詩是苦悶的象徵」，我更覺得我喜愛詩，是有道
理的。因此，我更加堅定的認為：詩對我是有好處的。我自修苦學，就更為

執著的、往新詩這條無用、可用之路上走，並開始參加文藝函授學校，有機會就聽相關的演講；有點餘錢，就往臺北去牯嶺街舊書攤、武昌街詩人周夢蝶書攤，買舊詩集；……這也成為我後來有小說家隱地（現在也是詩人）給我難得的機會、讓我用土法煉鋼的方式，編了一本臺灣最早的屬於新詩史料的專書《近三十年新詩書目》（書評書目印行 1976.02.）。

在學習寫詩的這條路上，我有幾位貴人；最早的是詩人紀弦，因為我在臺肥南港廠當工人，第一次有機會聽他演講，談新詩；他就成為我的新詩的啟蒙老師。其次是，我當兵服役的時候，留在軍中當教育班長，繼續參加中華文藝函授學校（軍中班）詩歌組進修、自學；我讀的講義，大多是詩人覃子豪撰寫的，他常常引用他自己的詩，如《海洋詩抄》裏的作品，或詩人楊喚的詩；可惜，那時候楊喚已經不在了，後來覃子豪也病逝了！這兩位詩人，我始終沒有機會親炙、瞻仰他們詩人的丰采，更沒有機會聆聽他們的教誨，但他們對於詩的忠誠、執著的追求精神，一直是我的榜樣，在冥冥之中引領著我；再就是，我當兵兩年役滿退伍之後，順利回到南港繼續在臺肥南港廠工作，我更常到武昌街找周夢蝶請益；他不大愛說話，或者說我還不懂得如何和他對話，他就介紹我兩位軍中詩人：管管和沙牧，讓我向他們請教、學習。我也就在 1965 年前後，這麼幸運認識了他們，而他們對我也都有了很大的幫助；同時，我也在這個時候，開始嘗試投稿，我投出去、第一次發表的一首小詩〈雲〉，只有四行，是刊登在《葡萄園詩刊》第四期，主編藍雲，他也是我的貴人。差不多，也就在這個時候，我參加了中國文藝協會「文藝創作研究班」詩歌組，為期六個月的研習、進修，我算是很幸運的成為詩人瘂弦、鄭愁予的學生；他們是實際的講座，上我們新詩的創作課程，指導我們寫作和批改，紀弦則擔任詩歌組組長；所以，他們都是我的老師，我的貴人。好事都湊在一塊，也正因為在新詩寫作上，有這樣的因緣關係，在名師的引導之下，我自己深有感悟，在很多公開場合，我就不好意思、不僅不敢宣稱我是他們不才的學生，深怕丟了他們的臉；但自己卻是更加認真、積極、默默的紮實耕耘，從不鬆懈。當然，從那時之後，一直到到今天，我在臺灣現代詩壇以及兒童文學界，我不僅沒有中斷的自我學習寫

作，還認真的做過一些開創性的紮根工作；因為不屬於這篇短文的重心，就
此打住。

　　回想我的這一生，我不是不念書，而是天生屬於念不好書的人，常常是
有念沒懂，有時念了也記不得，所以只能寫生活，就認真的生活，認真的觀
察，認真的思考，認真的體悟，認真的想自己的人生；因此，我喜歡看看人
生，體悟人生，詩寫人生，從中悟出一些道理，或冥想一些不著邊際的禪；
不叫的蟬，希望沒有偏離，沒有把它寫成說教的格言、標語或教條；希望詩
就是詩。

　　從一開始學習寫詩，我就習慣寫小詩，後來我成為文字工作者，有機會
在報紙副刊當編輯，我就利用機會，提倡寫小詩，寫六行以內（含）的小
詩；在 2003 年元旦起，從泰國、印尼出發，然後擴展到東南亞其它國家地
區、以及臺灣和中國大陸，至今已有十三年；在泰國曼谷、臺灣都有「小詩
磨坊」正常運作，新加坡、馬來西亞也成立過，可惜沒有繼續發展。

　　我寫成人詩，也寫給兒童看的詩；也有一段時間寫過少年詩，是先畫畫再寫詩，1987 年 4 月出版一本少年詩畫集《飛翔之歌》（幼獅印行）。當然，那也是為自己的苦悶而寫；那時，我正面臨我的孩子的叛逆期，我有相當大的苦惱和煩憂；我一生都受失學的苦和吃失學的虧，兩個男孩又偏偏不願認真讀書；貧窮人家要如何走社會、走長長的一生？

　　2006 年 11 月底，我主動請辭工作了三十多年的新聞媒體副刊編務，那是繼我 1999 年 8 月 16 日、60 歲屆齡退休後，延聘繼續工作了七年又三個的泰國和印尼《世界日報》的副刊編輯工作。這份工作，那時每月固定可以拿到六萬塊新臺幣，對一個已經退休的老人來說，是報社老東家和老長官給予我的額外的照顧。尤其對我這樣大半生只愛讀詩、寫詩的人來說，是非常幸運的；可是我竟然自己把它辭掉了。記得那時，我在兩個金融機構的存摺：臺灣銀行和郵局的，總存款額合計，才只有六十幾萬，一點也不考慮沒工作之後，要靠什麼養活自己的晚年，還有和我一樣老的老婆彝 我就這樣放下了一份做得好好的文字工作。好像只要有詩，我就什麼都不怕了！只要有詩，我就什麼都有了！後來以及現在，我也真的還活得好好，也真的好像：只要有詩，我就什麼都會有了！

　　從 2006 年 11 月開始，我自稱和孔子一樣，在「周遊列國」；國內國外，海內海外，我到處跑，演講、上課、開會，只要有人找我，不論大學小學、大場小場，也不問人家有無演講費、會給我多少？我都去了！這十年來，基本上，可以說，我大多時候，是人家在養我，不是我在養我自己；也可以說，是詩在養我，都是因為詩的緣故，人家才要找我，如果沒有詩，我大概就要餓肚子；沒有詩，我也就活得沒有意思。因此，我又有所感悟，當然也要感恩，近年來我寫了一些相關的小詩，例如：〈空〉、〈死·活〉、〈愛·美〉、〈知道〉、〈知道和不知道〉、〈有與沒有〉等等六行以內的小詩（詳見附錄）；其中，〈死·活〉、〈愛·美〉，我認為都可以直接拿來、作為我當前很重要的詩觀（過去不同時期，我也寫下一些不同的詩觀）；我曾把〈死·活〉的三行文字：「活著，寫詩；／死了，讓詩活著。」印在我的名片上，到處派送；我不知道朋友們拿了我的名片，有沒有看看我名片背後的文字，但我

還是認為有些朋友是會喜歡我的名片的,因為那不單純只是名片;那也是因為詩的緣故。如果我沒有詩,可以肯定的說,今天我就沒有機會和大家、來自亞洲各個國家地區的詩人朋友們,相聚在一起!這是多麼重要啊,人生嘛對我來說。所以,活著我得「認真寫詩」,死了才能有機會「讓詩活著」;這是我近年來自己對自己的最大的激勵,也是自己對自己的最大的期許。

當然,我年輕的時候,是不懂得這些。不過,我在 1969 年 8 月,出版第二本詩集《斑鳩與陷阱》(田園印行)時,就已深深體悟到:我一生不會讀書,讀了也大都忘了,我寫詩,我就只能憑藉我對生活的一些些感受和體會,所以我「詩寫生活」,也「詩寫人生」;沒有生活,就不會體悟人生,我就寫不了詩,寫不好詩。在《斑鳩與陷阱》這本詩集的代序,是我摘錄了自己的一則「牧雲札記」,其中最後一行我這樣寫著:「生活無疑是一種陷阱,我們越是掙扎就越陷入苦境,而詩也就這樣被捕捉。」這也是我的一種不同時期、不同說法的相同詩觀;不是我不變,也不是我愛變;變與不變,終歸都是我自己。

除了生活,當然,我也要讀別人的詩;讀別人的詩,有時我也會獲得一些啟發。因此,閱讀還是必要的,正如我前面提過,年輕時我讀廚川白村,才知道詩、文學,是「苦悶的象徵」;我可以把苦悶的心情寫下來,所以我也有過這樣的札記:「詩寫痛苦無妨,但要能讓人讀來回甘。」還有,讀多了以後,我也知道了美國桂冠詩人佛洛斯特,他曾經回答讀者的提問,說:「詩是什麼?讀起來很愉快,讀過之後感覺自己又聰明了許多。」這種「始於愉悅,終於智慧」的詩觀,也可以說是我的詩觀的一部分,從此我就認真的朝著這個方向努力,尤其為兒童寫詩,我會有意迴避,不把自己的憂傷和悲苦,放進詩裏。為兒童寫詩,我總希望努力把最好的拿出來:寫我發現的美、善和智慧,快樂和希望;因為兒童,他們既是天使,也是魔鬼;兒童是人類未來的希望,我們不能給他們負面的影響。

總之,這就是我的想法,我用它來寫詩,就是我的詩觀。

2016.07.11/05:58 研究苑

附錄

空

鳥，飛過
天空──

還在。

死・活

活著，寫詩；
死了，讓詩活著。

（2015.研究苑）

愛・美

愛，要有心；
美，在心中。

（2016.04.29 青島文學館）

有與沒有

有，有有的煩惱
沒有，有沒有的煩惱；

有，如何才算有　彝
沒有，什麼樣才是沒有　彝

有與沒有，

我，一生都有。

知道

知道知道我知道了，

我知道了我什麼都不知道！

（2016.06.14/15:20 廣州黃埔開發區二小）

知道和不知道

我用知道療癒不知道，

也用不知道療癒知道；

知道和不知道，

他們常在一起；

當我什麼都不知道的時候，

我依然會用知道來安慰自己。

（2016.06.24/18:11 捷運忠孝新生站）

鑽探人生

從不知道到知道，

或從知道到不知道，又或回到

從不知道到知道，生生世世

都如蚯蚓，世世代代都在

不見光影的地底裏，

鑽探人生，無法理解的困境。

（2016.06.25/13:31 捷運國父紀念館站）

孫德安（1942－）

筆名鷹，浪，哨卒，小史，水上草等，一九四二年幸運生於和平之鄉汶萊首府，祖籍福建廈門，畢業於臺灣政治大學外交系。在教育界任過教師、校長、校董等職。除在教育界外，亦曾任小販，工人，記者。

已出版《千年一顧》、《百年一得》、《汶萊河上圖》；主編《名人筆下汶萊──和平之鄉》。

現任：

1、汶萊華文作家協會會長

2、汶萊中華文藝聯合會主席

3、亞洲華文作家協會總會長

4、東南亞華文詩人筆會常務理事主任

5、世界華文作家協會副會長

6、世界華文微型小說協會副會長

為汶萊取得舉辦 2002 年的「亞細安華文作家文藝營」及 2005 年的「東南亞華文教學研討會」。親自在汶萊主持

1、2006 年的「世界華文微型小說研究會

2、2012 年的「東南亞詩人筆會

3、2015 年的亞洲華文作家代表大會

當東南亞華文詩人筆會常務理事主任後，2013 年在泰國曼谷舉行第七屆東南亞華文詩人大會，2015 年在緬甸仰光舉辦第八屆大會。

蕉風椰雨的視角與意象

——兼談東南亞華文詩人筆會

　　我感到非常榮幸能夠受邀參加明道大學中國文學學系與國學所主辦，由詩人蕭蕭院長所策畫第九年（2016）「濁水溪詩歌節」。在此我要感謝主辦當局的邀請，讓我有機會學習，了解濁水溪詩歌節在詩歌發展上扮演積極的角色，親身體驗與參與濁水溪詩歌節的美好時光，共同：「顯揚濁水溪流域藝術傳統，承繼濁水溪流域文學精神，提振中臺灣新詩欣賞品味，培育新世紀青年寫作熱忱。」這次濁水溪詩歌節特別邀請著名東南亞詩人：馬來西亞李宗舜‧方路‧辛金順、新加坡李承璋（懷鷹）、杜文賢（卡夫）、泰國曾心、菲律賓王勇、香港楊慧思等人，使我感到戰戰兢兢，但後來一想，能夠與老友及慕名已久的詩人相聚相識，學習詩藝，未嘗不是一件好事。有他們來介紹與表現東南亞詩歌精華與精神，使活動充滿活力與魅力，我也多一個機會受益。

　　這一屆是 2016 東南詩會主題是「水的連接‧情的瀲灩－濁水溪畔談詩論藝」，題目很有意義，涵有詩味，我們來自水的一方東南亞，東南亞詩人筆會創辦人之一泰國詩人嶺南人寫〈華僑〉

> 因風
> 出岫的雲
>
> 回頭，找不到
> 回家的路

　　東南亞詩人筆會創辦人之一菲律賓詩人雲鶴寫的〈野生植物〉

有葉

卻沒有莖

有莖

卻沒有根

有根

卻沒有泥土

那是一種野生植物

名字叫

華僑

　　新加坡華人作家鐵戈的〈我們是誰〉一詩暗示華人逐漸走出自己的「邊緣身份」困惑，說明東南亞華人要重新尋找與確定自，己身份的意識：

我們是誰彝

我們是赤道底土地上生長的孩子！

我們是誰彝

我們是被鐐銬鎖住的苦難的人民！

　　東南亞古稱「南洋」，是海外華人集聚最多的區域。

　　俗話說「海水到處，就有華人」。海外華人華僑的總數，目前比較認可的數字是 3500 萬，80%分佈在東南亞，其中印尼華人數量最多，約有一千多萬；馬來西亞次之，有八百萬左右；華人占多數的唯一國家是新加坡，約占總人口的 75%以上。

　　東南亞的華人古自稱漢人、唐人，移民潮多集中在中法戰爭至清末和民國初期。康乾盛世時期，就開始有些人移居南海各國，因而出現了土生華人，據麻六甲的碑文和家譜，土生華人的家史最早可追溯到 18 世紀，是中國人最早在海外定居的記載。19 世紀中葉鴉片戰爭後，正是歐洲工業革

命，需求更多華人到東南亞及世界各國當苦力。

　　東南亞地區共有 11 個國家：越南、老撾、柬埔寨、泰國、緬甸、馬來西亞、新加坡、印尼、汶萊、菲律賓、東帝汶，面積約 457 萬平方千米。東南亞（SEA）位於亞洲東南部，包括中南半島和馬來群島兩大部分。中南半島因位於中國以南而得名，南部的細長部分叫馬來半島。馬來群島散佈在太平洋和印度洋之間的廣闊海域，是世界最大的群島，共有兩萬多個島嶼，面積約 243 萬平方千米，分屬印尼、馬來西亞、東帝汶、汶萊和菲律賓等國。

　　菲律賓詩人月曲了對東南亞城市過度發展寫出〈鷹問〉

俯衝入記憶

往事

都成了水泥樓房鋼骨大廈

僵化　冷漠的樹林

空不出一塊草地做我的餐桌

偶而發　現　令人雀躍的莫非又是

另一個高球場　或者足球場

這點綠　對我來說

只是瞳孔縮小後

逐漸放大的空白

當你必須面對虛無

總不能只盤旋　不解釋

終日在罐頭過期的大腦中

啄食自尊　想不通的時候

翅膀握成拳頭

問白雲我是否走錯房間

或者該到太空行乞　還是

移民鳥籠

　　早期在華文文學的道路上，東南亞各國的命運十分相似，可謂「同是天涯淪落人」，居於歷史和政治因素，華文被邊沿化了，無法與當地主流語文順利發展。在泰國、印尼、緬甸、越南等甚至還曾遭受不同程度的禁錮、壓制，導致華文文學面臨斷層的厄運，但印尼、菲律賓、泰國、汶萊、緬甸和越南作家們也都在艱巨的情況下，在各自的崗位上努力耕耘，。所以就有亞細安華文文藝營的文學組織的成立。這個組織主要目的在華文教育困境中，相互扶持，相互鼓勵。

　　隨著臺灣、大陸經濟的崛起，東南亞華文學界開始活躍，文學活動因而頻繁，不時有新書刊的出版，有越來越多的原住民學習華文。菲律賓、馬來西亞、新加坡、泰國、印尼、汶萊等六個國家的 14 位華文詩人聚集一堂，討論推動東南亞華文詩運，增強交流，互勉互勵，於是在 2006 年端午節創辦「東南亞華文詩人筆會」。

　　印尼詩人卜汝亮有感而發：

東南亞詩會

　　東南亞詩會，華山論劍
　　詩人們的派對
　　兒童遊樂場
　　有詩人
　　匆匆的來
　　又再背上包袱匆匆的走

　　同年年底 12 月出版創刊號「東南亞華詩刊」，迄今「東南亞華詩刊」已出版九本。

　　第二屆 2007 東南亞華文詩人大會在廣東韶關隆重召開，大會由東南亞華文詩人協會和中國韶關學院聯合主辦，香港銘源基金讚助。

　　第三屆 2008 年 10 月東南亞華文詩人筆會選定在越南胡志明市舉行大會，

越南的陽 光和人們對生活的希望，留給大家難忘的印象。我們看看越南年輕詩人林曉東的一首詩：

食粽

昔日，屈原詩祖捆上離騷的
無奈
投入歷史長河
激起千層浪

今天，詩人們打開熱騰騰的
粽子
嚼著糯米清香
嚼著肥肉油滑
還否嚼到離騷的
酸味

我咽下粽子
喝了一杯茶
讓它慢慢消化歷史的油膩

　　第四屆 2009 東南亞華文詩人大會，在遵義舉行，主辦單位：遵義市文聯，中共仁懷市委，仁懷市人民政府，承辦單位：中共仁懷市委宣傳部，中共仁懷市委辦公室。期間與會詩人還開展「詩酒風流」大型文藝采風活動。

　　第五屆 2010 東南亞華文詩人大會假青島市舉行，承辦單位為青島大學中國詩學研究中心與青島大學東方論壇雜誌社。

　　第六屆 2011 東南亞華文詩人大會在汶萊舉辦，主辦單位為汶萊華文作家協會。會後會員們遊覽水鄉，印象應該很深。本會常務理事吳岸寫了這首詩：

那舟子何其飄逸／一揮手／就將我射進／這漩渦碧綠‖一時光旋浪轉／那船兒／彷彿要離水而去／人兒要離船而去‖卻有千家萬戶／忽地從海中升起／看水柱錯立／簷臺櫛比／煙塵／人語／綿亙多少裏‖水鄉呵水鄉／人稱你是東方威尼斯／我卻見你／若入海裏的褐珊瑚／多少悲歡／多少榮辱／凝就你超凡的奇姿‖我心已激昂／激昂為你掏出詩筆／不料一個簸蕩／紙兒詩兒竟隨風飄去／卷落在銀濤滾滾的汶萊河裏……

——〈水鄉行〉

第七屆 2012 東南亞華文詩人大會在泰國曼谷舉辦，次大會由東南亞華人詩人筆會、泰國華文作家協會、留中總會文藝寫作學會聯合舉辦，並邀請兩岸四地的詩人學者共襄盛舉，以促進東南亞華文新詩的創作和詩學的發展。

本次大會東盟成員國與會代表有新加坡（6 人）、馬來西亞（10 人）、印尼（2 人）、菲律賓（5 人）、汶萊（5 人）、越南（5 人）、緬甸（1 人）、泰國（含泰國華文作家協會及泰國留中總會文藝寫作協會共 80 人）。其它地區則有臺灣（2 人）、中國（10 人）、德國（2 人）等經統計，本次大會到場人數總數為 129 人，較第六屆大會出席人數（81 人）多出 48 人，足見本次大會舉辦的成果豐碩。三家詩刊主編與主持：《華文文學》主編張衛東，《詩歌月刊》，國際詩壇主持趙東、與《名作欣賞》主編傅書華，他們聯合宣佈從二〇一四年起，將在他們三家刊物上，同步刊登東南亞華文詩人的詩，及其評介的文章，他們送給大會的一份厚禮，是意外的收穫，帶給與會詩人意外的驚喜。

第八屆 2014 東南亞華文詩人大會在古老美麗緬甸首都仰光舉辦，大會成員來自馬來西亞、菲律賓、新加坡、印尼、汶萊、越南、緬甸等東協國家以及中國大陸、香港、臺灣、澳門、西班牙、荷蘭、德國 14 個國家和地區的有五十多位海外詩人、作家、學者、編輯、評論家出席，緬甸有六十多位文人參與，約一百二十多人，情況熱烈，令人感動。

東南亞華文詩人筆會是第一個在緬甸舉辦大會的國際華文文學組織，亞洲有不少華文文學組織，但都沒有機會在緬甸舉辦活動。早在三四十年前，緬甸的華文文學非常興盛，在南洋是佼佼者，希望本會這次可以拋磚引玉，鼓勵更多國際華文組織將來在這美麗的國家舉辦大型活動。

每次舉辦東南亞華文詩人大會之後，令詩人們永遠難忘：本會常務理事吳岸寫。──《難忘今宵》

總以為教授們都／道貌岸然／不苟言笑／男的老氣橫秋／女的溫文雅爾∥恍惚間／他們竟變成少男少女／翩躚起舞／高歌歡唱──／當琴聲響起∥都樂得東歪西倒了／不因我的琴韻／只為一次完美的詩會／一次驚險的雨林探秘／飛渡拉讓江／逾越南中國海／跋涉千里／抵達傳說中的貓的城市／來到這／不見不散的詩人的巢穴∥啊，不要問我從那裏來／你們從異國詩鄉來／嗨唷嗨喲／為了探尋這荒野的達邦樹／而小城故事果然多／有晶然眨眼的貓兒／有向你問候的遠祖人猿／更不忘行吟江畔飄髯的老人∥一曲夕陽山外山／唱成朝曦天外天／我笨拙的十指／在黑白的琴階上／追逐著你們的歌聲∥海角天角／難忘今宵……

東南亞華文詩人筆會有個特色，每年大會詩人把自己的代表作選出來，交由國內的評論界來進行研究評論，然後結集，作為一個階段的總結。」第一本華文詩歌與評論的合集為「蕉風華韻」，東南亞華文詩評論集共出版七本，除了「蕉風華韻」外，還有「熱風吹雨灑江天」、「本土與母土」、「美麗中文把我們連在一起」、「風雨兼程更上層樓」、「詩緣三星堆」與泰國華文作家協會之特集。

2013 年本會設立「東南亞華文詩人網」，為各國華文詩人增加新的交流平臺。到本年六月已經突破登上三千首詩。

詩要感動人，特別是要感動許多人，必須同大多數人的生活經驗息息相關，與現實世界緊緊結合。詩的現實是詩人用敏銳的眼悲憫的心，對宇宙人生歷史社會的事事物物，經過深刻的觀照與反省，所凝聚成的令人心顫的東西。

新加坡詩人郭永秀的〈紙飛機〉被選入國家藝術理事會採用，展出在新

加坡東海岸公園，其目的傳達藝術是無所不在的，在匆忙之中的生活，對藝
術與文學作品多關注，鼓勵更多人創作文學與藝術作品，這〈紙飛機〉之詩
如下：

問你，紙摺的鳥
願不願意馱起我
飛回去，飛到時光隧道的另一頭
讓我們背起書包、騎上木馬
到野地的樹蔭下打彈子
並且四處撿拾紅紅的
無所不在的相思，和
歡樂

問你，紙摺的蛙兒
好不好為我引路，一步一跳
跳回去，跳進記憶中
那個擠滿乞求的手掌的池塘
在驟雨乍晴的黃昏
燒起你們熱情的火
用你們特有的男低音和女低音
把整個池塘，燒得
沸騰起來

問你，紙摺的球
可以不可以連跳帶滾
滾回去，滾到印象中那一望無際的田野裏
看我們抓蜻蜓追蝴蝶
和你比賽跳高與跳遠
又用一根根長長的線，繫住

天邊朵朵窺覷我們的

白雲

問你，紙摺的船

肯不肯載著我

航回去，航入兒時那條明亮的小河裏

看我在岸邊抓小魚釣螃蟹

採擷蜜蜂老愛纏住的野花

然後牽著我的小新娘

沿彩虹七色的梯階

拾級而上

問你，紙摺的飛機

能不能載起我

沖回去，逆著歲月流來的方向

讓一切重新來過，不管是

酸的、甜的或帶淚的，讓我重新擁有

那曾經是混混沌沌，如今

是越久記憶越新的

童年

　　古人言：詩言志。雨果說：詩言德。

　　「詩，是內心對一切事物的感受，走在眾人的前面，詩人具有一顆高尚的心靈。詩歌的優秀傳統主要表現在兩方面：一是對生命的關懷，二是對社會的關懷。對生命的關懷是詩人透過自身真切的人生體驗，說破人們未曾說出的人生體驗。而這也是詩歌創作的難度之一，正所謂「能言人之未言，易言人之難言」。詩，是一種藝術。藝術來自於生活又必定高出原生態生活，張向陶詩云：

躍躍詩情在眼前，聚如風雨散如煙。

敢為常語談何易，百鍊功純始自然。

有一次《亞洲周刊》總編輯邱立本來汶萊，我們一起去登淡勿廊熱帶自然公園的山，想起來唐朝詩人劉禹錫〈陋室銘〉；脫口念出」山不在高，有仙則名」，突然有一群遊客回應「水不在深，有龍則靈。」然後大家互相吟誦「斯是陋室，惟吾德馨。苔痕上階綠，草色入簾青。談笑有鴻儒，往來無白丁。可以調素琴、閱金經。無絲竹之亂耳，無案牘之勞形。南陽諸葛廬，西蜀子雲亭。孔子云：『何陋之有。』」

在法國，一些小學生走上米拉波橋，就自然吟阿波利奈爾的詩：

塞納河在米拉波橋下揚波

我們的愛情應當追憶麼

在痛苦的後面往往來了歡樂

讓黑暗降臨讓鐘聲吟誦

時光消逝了我沒有移動

我們就這樣手拉著手臉對著臉

在我們胳臂的橋樑底下

永恆的視線追隨著困倦的波瀾

讓黑暗降臨讓鐘聲吟誦

時光消逝了我沒有移動

愛情消逝了像一江流逝的春水

愛情消逝了

生命多麼迂迴

希望又是多麼雄偉

聽到這首詩歌，我們自然聯想到瑪麗‧洛朗桑和阿波利奈爾一段美麗愛情故事。

「偉人們，祖國感謝你們。」

這是法國詩人雨果逝世時第一個人民發自內心的將其迎入先賢祠的人。同時，法國政府借雨果移入的機會，在先賢祠的三角楣上刻下如今極具象徵意義的話語。

詩歌就是有這樣魅力，不只使我們生活充實，美雅，美滿，也是人民，國家自豪。

蕭　蕭（1947－）

本名蕭水順，臺灣彰化人，祖籍福建漳州府南靖縣，輔仁大學中文系畢業，臺灣師範大學國文研究所碩士，曾任中學教職32年，現為明道大學中文系講座教授兼人文學院院長、《臺灣詩學》季刊社社長。

蕭蕭一生戮力於詩、散文的創作，現代詩的推廣與美學理論的建構。創作與編著書籍已達135冊，仍在文學創作與評論上繼續挺進。

最新出版的詩集：

《雲水依依》（秀威，2012）是蕭蕭靜心觀察茶樹、茶葉、茶湯、茶香，潛心思考茶的生命與人的生命可能匯通的一部茶詩集。

《月白風清》（秀威，2015），禪與詩相隨，思與情相依，縱任讀者跳脫語言文字之外，與禪與詩達成冥然相契的精神狀態，獲得特殊的閱讀的極大享受。

《松下聽濤》（秀威，2015）仿隨倉央嘉措冥想，是松下聽松籟、聽海濤的心境，期望覺知、等待平和的心靈。

詩之言如之何志之以真持之以久
——詩的字源探討

　　詩，不需要玩弄語言、文字，但也不需要排除語言性的遊戲與撥弄。語言、文字一撥弄，有時可以在烏雲罩天時抹開一片天青月明。

　　我用了文言型的文字作為題目，不是嘩眾取寵，而是這樣的一個題目，其涵義已足以表達我們對詩應有的認識，或者說「詩」的造字原理就透露出這樣的訊息。

　　　給我一個支點

　　「詩之言如之何志之以真持之以久」，首先是句讀的確認，因為有四個「之」字，讀者的心中自然形成一種畏恐：「這怎麼斷開啊？」沒耐心的人直接就放棄閱讀，詩人可能因此失去一位讀者，有耐心的人會抱持戒慎恐懼之心，仔細撥弄（讀者也是撥弄文字的同好者），試著挑戰，因此他會找到關鍵點，「找到關鍵點」不就是閱讀新詩最重要的竅門？譬如閱讀這首詩，如何找到相呼應的關鍵詞——

　　〈不願成佛的石頭〉

　　為了聽你行茶入杯盞的珠玉聲
　　我繼續荒蕪如一部未被持誦的佛經

　　瀑布捶打彷彿其一二
　　彷彿一二，也就八九不離十啊！

　　題目的「成佛」與「石頭」應該就是進入這首詩的關鍵詞，看到「成佛」與「石頭」，一般人會想到「頑石點頭」的成語，比喻感化入人之深，即使是冥頑不靈的石頭也會心領口服。有著更高一層文化素養的人會在「頑石點頭」之前加上「生公說法」，生公是指東晉鉅鹿人的僧徒竺道生（西元372-434），曾從鳩摩羅什學習大乘般若中觀學，錢穆的《中國思想史》說他是使佛學中國化、理智化的第一位代表人物，他曾提出「一闡提之人也能成佛」的說法，不被當時的佛學界所接受，所謂「一闡提」是梵語 Icchantika 的音譯，指斷滅諸善根本，心不攀緣一切善法的人，這種人只要他能覺知自己的錯誤，也有成佛的可能。據研究佛學的人說，當時《大般涅槃經》還未漢譯，佛學界認為他這種說法是一種異端，所以他只好在蘇州虎丘山對著纍纍山石說法，他認為石頭都是不生不滅、不增不減、不垢不淨，「圓」渾天成，「寂」然不動，頗為符合「滅諸煩惱，名為涅槃」的道理，據說，說法的當時，連石頭也震動（點頭），所以有了「生公說法，頑石點頭」的傳說（參閱〈我國第一位佛學思想改革家：生公說法頑石點頭〉，《千佛山》雜誌223 期，2008 年 3 月）。如果理解到這點，那對「不願成佛」的這顆石頭，說不定就起了好奇心，連生公說法也無法使他有信道、成佛的意願，那會是什麼樣的石頭？

　　為了跟「不願成佛」有所呼應，自然就產生「我繼續荒蕪如一部未被持誦的佛經」，佛經數量萬萬千，但一般信徒持誦的大約集中在某幾部，大部分的佛經或許就像四庫全書的經典，束諸高閣，無人撫觸，而我，一顆不願成佛的石頭，即使無人翻閱、無人爭睹，寧願荒蕪——只「為了聽你行茶入杯盞的珠玉聲」。這樣的珠玉聲，是以成佛、佛經來襯托內心的虔敬。

　　這「行茶入杯盞的珠玉聲」，又是什麼樣的美好聲音？這人為的倒茶的聲音，此處反以大自然的瀑布捶打巨石來模擬，似乎可以彷彿其一二，這彷彿其一二卻讓讚賞的人心滿意足了！所以，反過來說，知不知曉「生公說法，頑石點頭」的佛教典故，其實並不妨礙認識這首詩，因為這瀑布捶打巨石的沉穩之聲已足以令人心靜。嚴羽《滄浪詩話》說得好：「夫詩有別材，非關書也；詩有別趣，非關理也。然非多讀書、多窮理，則不能極其至。」

詩，講究的是情趣，追求的是味道。有「情」無「趣」，不是好詩，但有「趣」無「情」，根本構不上是詩；「味」大於「道」是好詩，「道」大於「味」，有可能成為教條。以百分比來說，「情」與「趣」之間，從1：99到99：1，均無不可，但「味」與「道」之間，「味」之滋不妨極大，「道」之長卻應點「道」即止，反過來看，當「味」滋蔓而無「道」可言，那也一樣不能算是詩。這其間的拿捏，正是滄浪反覆辯詰「詩」的別材、別趣，與「書」、與「理」之間的微妙平衡。詩要有別材、別趣才是好詩，但他們終究不能從理性、知識性去追索，不過，大量閱讀、深入思考，卻又可以將這種別材、別趣的孳生，推極到極點。

所以，回到今天的題目「詩之言如之何志之以真持之以久」的斷讀，這不是掉書袋的問題，而是讀者（或者詩人）是否找到那個「支點」──「給我一個支點，我就能舉起整個地球」（Give me a pivot, I can prize up the earth.），阿基米德（Archimedes, BC287-212）說的這個「支點」就是「關鍵」的那一點。

這個題目我們可以將它斷成三個區塊：「詩之言──如之何志之以真──如之何持之以久」，「詩之言」探討的是詩的定義；「如之何志之以真」是詩的內容的表現；「如之何持之以久」則是詩的藝術技巧的追求。分別論述如下：

「詩」這個字的奈米分析

「詩」這個字，華文世界的人都接受這是「形聲」字的說法，「形聲」字通常是左形右聲，形符通常指稱的是這個單字的意涵、類別或歸屬，所以也叫做「義符」，溪、河、江、海，左邊的形符都是水，這些字都與「水」有關。櫻、桃、李、梢，形符不一定在左，但都跟「木」有關。「齒」字相當有趣，形符在下，形象出動物牙齒整齊排列的樣子，上面的「止」是聲符，「齒」字的發音來自於「止」，「齒」、「止」讀音相近。所以，「詩」這個字當然跟語言相關，最常聽人說：「詩是語言的藝術」，「詩人是語言的魔術

師」，或許就來自「詩」這個字的原始架構。

更進一步思考「言」是什麼？東漢許慎（約 58-147）《說文解字》說：「直言曰言，論難曰語」，南宋鄭樵（1103-1162）《通志》解釋小篆的「言」：「从二从舌。二，古文『上』字，自舌上而出者，言也。」從這兩家的說詞，「言」是直接從舌頭上發出來的話，說的是自己的事。相對的「語」是論難、答難的話，要有相對、相應答的兩人，相互之間的交談，是「為人說」，是「與人相答問、辯難」，是「是非」的爭論。如果照「言」的本意來看「詩」，「詩」是直抒胸臆的話，其實用不著論辯，用不著「是自己之是、非他人之非」。這就是詩，直言。

《詩經》的寫作技巧就早已標舉出「賦、比、興」三法，「直言其事」的「賦」是基本功，放在第一優先。

孔子（B.C.551-B.C.479）說：「辭，達而已矣。」（《論語‧衛靈公》）說話也好，寫文章也罷，寫詩更該如此，能夠充分表達自己的心意也就夠了！

不過，「詩」這個字「從言寺聲」，「言」是他的形符，「寺」是他的聲符，「詩」的音從「寺」來，「詩」、「寺」音近。宋人王聖美曾提出「右文說」，是指形聲字左邊的形符表示事類的共同範圍，右邊的聲符主要在顯示聲音，但也可能顯現意義，而且聲符相同的形聲字往往具有共同的意義，譬如說「倫」、「輪」、「淪」、「崙」、「綸」、「掄」、「論」等字，都以「侖」為同一聲符，所以他們都含有「條理、規則、循環」等共通義。這一「右文說」觀念後來逐漸發展出「聲符兼義」、「音近義通」、「因聲求義」這些文字學的理論。所以，當我在思考「詩」的定義時，我列出聲符跟「詩」相同的字：「時」、「持」、「恃」、「侍」、「蒔」、「塒」、「等」、「待」、「峙」、「痔」、「特」……這組聲符相同的形聲字，可能有共同的意義嗎？一時我們似乎不容易立即找到共通的涵義，不如回到最原始的「寺」字來查考。

寺，如之何志之以真持之以久

「寺」字在《說文解字》上，列有兩種意義，其一是「廷也」，清人段
玉裁（1735-1815）注解時引《漢書》注，認為「凡府庭所在皆謂之寺」，依
現在的說法，政府機關辦公廳舍就是寺，與佛寺云云並不相涉。「寺」的同
音字是「嗣」：指政務的執行有其連續性；是「司」：指管理的權責與能力的
舒展。「寺」字的意義，其二是「有法度者也」，指天子上朝的所在「方百
步」（面積以百步計算），「步」卻是「積寸」而來，延伸為有度、有法制。
綜合這兩種說法，「寺」所影響下的「詩」之義，說的是「風雅頌」的雅頌
作品，強調的是書寫時的結構與照應，頌是宗廟的樂歌，雅是朝會、宴饗的
詩作，若是，「風」的作品所顯示的空間應該是家屋，「詩」之「寺」所呈現
的「空間」感，是從家屋、辦公廳舍到宗廟，聽起來滿嚴肅的，所以，我又
從「寺」字再加以析分。

「寺」字再分析，也會發現它是一個形聲字，以「寸」為形，以「士」
為聲。在《說文》禾部裏的「程」字，提及「十髮為程，一程為分，十分為
寸」，「寸」是長度的單位，十根頭髮並列在一起的寬度是「程」，所以我們
有「程度」一詞，一程也是一分，十分就是「寸」，所以我們有「分寸」一
詞，做人、寫詩，自有詩人應該謹守的分寸，那分寸的拿捏或許會有不同的
考量，但各人心中自有一把尺卻是必要的。

「寸」的另一個說解：「人手卻一寸動脈謂之寸口，從又一。」「又」是
象「手」之形的「手」字，所以古文「寸」的寫法是「手」下加一橫，這是
指事字，指出這裏是「寸」、「寸口」，中醫把脈的所在，從手腕第一道橫紋
至此，長度約一寸，「寸口」之名由此而來。

中醫認為，左手寸口可以探測心臟，右手探測肺臟，寸口是透過小小的

脈象用以了解身體的重要關鍵處，此處雖小卻有大影響，或許也是我們對詩的基本認識，詩，一直都以極經濟的文字作為載體，承裝詩人的情感、思想、意志，讀詩的人透過這微微的脈象藉以探知詩人龐大的心的負荷，藉以呼應自己一生的某些情事，或簡單的情愫。

所以，以「寸」、以「寺」來認知「詩」，那顯露脈象的寸口，是小小的分寸所在，經由脈象的強弱、浮沉、頻率、走向，作為器官、身體安康與否的判斷依據。詩的寫作，應該由此體會。詩人要掌握的是脈象的寸口處，不是龐然大物的體軀四肢；是牽引社會動向、心意起伏的那根細線，不是鉅細靡遺的動象描摹。

「詩」字，《說文》只有簡單的兩句話作注：「詩，志也，從言寺聲。」段注指出，這是渾言《詩經·大序》：「詩者，志之所之也。在心為志，發言為詩。情動於中，而形於言；言之不足，故嗟歎之；嗟歎之不足，故詠歌之；詠歌之不足，不知手之舞之足之蹈之也。」詩是「情動於中，而形於言」，「中」就是「心」，情動於心而形之於言，詩是這樣直通於心，詩人所要思考的是「如之何志之以真」，因為心之真處就是詩的內容生發萌起的地方。

「寺」，也有人認為是「持」的古字。所以，「詩」可以體會為：如何使舌上之言持之以久。曾有現代詩人誇言，他的詩不是要讓一千人讀一遍就忘記，而是要讓一個人讀一千遍也不廢棄。這樣的期望就是如何使「言」持之以久的思考，是詩人應有的壯志。

《說文》「詩」字下，繼「詩，志也」的說解之後，段玉裁又有「假詩為持，假持為承」的說法，不僅「寺」有持意，詩也有持意；不僅「詩」有持意，詩也有「承」意，「承」是奉、是受，是將詩奉納於懷中，有著拳拳服膺的虔敬之誠，這是珍愛的表現，古人認為「行之以誠」才能「持之以久」，對於詩，古典詩、現代詩皆然，我們都有詩是志業，志之以真、持之以久的信念，因為「詩」的字源就有這樣的期許。

懷　鷹（1950－）

　　原名李承璋，祖籍福建南安，新加坡公民。曾擔任電視臺華語戲劇組編劇、媒體城記者、撰稿人及導播、《聯合早報網》高級編輯。出版 25 部包括詩、散文、散文詩、小品、評論、長篇、中篇、短篇、微型小說等著作，得過 25 項海內外文學獎項。新加坡書寫文學協會理事，新加坡作家協會，新加坡文藝協會永久會員，目前為專業作家。

詩的模糊和距離感

很多朋友喜歡寫詩，大概詩是最直接最真實宣洩感情和情緒的語言工具，最能表達自我，突出和塑造自我形象的藝術樣式。但是詩是最不容易寫好的，引發讀者共鳴的力量相對來說是微弱的。

這牽涉到一個「理解」的程度問題，詩要讓讀者有所感，首先是讀者對你這首詩的理解，不一定全懂，只要能理解某一點感情的揮發，內容的呈現就已足夠。因為讀者有自己的分析和想像力，從點的理解到全域的感覺，有時只要一個朦朧的認知或啟示，就可以讓讀者走入詩中的世界──不一定是詩人所欲構築的心靈世界。畢竟，詩人與讀者之間是有距離的，由於距離而產生想像的美感，毫無距離的詩歌（直抒胸臆之作，類似標語的排列），猶似奔瀉千里的江河，只見流勢，不見沿岸跌宕起伏的風景。

模糊是個絕美的詞。

模糊與距離不是等同的詞，但在思維和表現手法上有相近之處。除了抒情詩，語言的模糊處理在寫景詩的意境營造上也發揮著重要作用。意境由意象組成，卻又大於意象的組合，意象是詩中描寫的一個個體，意境卻是由個體的形態、顏色、線條和聲音等形成的一個立體的畫面感受，詩人的情感就在這意境之中，又寓於每一個意象。詩歌由於文字的組合少，不能表現龐大的內容，只能利用有限的語言表達深刻遼闊的意涵，把內在的張力擴張，一拉一扯之間，造成了落差，給模糊的空間營造了一種想像，這個想像帶動了畫面、音樂性的建構，使詩歌擁有言未盡而意無窮的效果。

模糊是詩歌語言的一大特點。朦朧、迷離給語言蒙上了一層面紗，讓人咀嚼、琢磨，體會語言帶來的樂趣。模糊使詩歌更具美感。

當你被感動時，有時很難確定那感動來自何方？它是一種很神秘的內在語言，或稱靈魂語言，感動的層次有深有淺，時間有快有慢，在心裏浮動的

影像有時清晰有時淡雅，你似乎可以將之攬入懷抱，也似乎難以捉摸。

讓我舉個例子，我去過越南首都河內。當我在清晨（約莫 5 點多鐘）時分，從酒店走向城裏的還劍湖。我並不能確定為何要走向還劍湖，而不是其它的地方。我的腳步放得很輕很慢，街上的每一樣景象，包括那些行色匆匆的挑擔的女子，那逐漸黯淡的燈光，那從街邊、小巷裏傳送出來的煮食的香味，都感動著我，但我無法說清楚那究竟是什麼東西。

湖面上籠罩著一層薄霧，看來迷迷濛濛。湖水是寧靜的，我沿著湖岸走，沒有方向沒有目的，聽見自己的腳步聲好似一首清清淡淡的曲子，就連這樣的腳步聲也感動著我。這時，無須語言，只須敞開胸懷，去感受整個大地、天空、湖、樹，就夠了。

我想，我正處於朦朧模糊的疆域吧。

於是，在橋邊坐著，像一朵老僧慢慢的融合在天地間，靜靜的看著湖水，想像自己已潛入水中，觸摸到那把沉埋千年的劍……但那時，我確確感到天地就是一團團的模糊，包括我的感動和想像。

我經常處在這樣一種模糊的境界。我們看山時，不也覺得一切都很神秘、朦朧，但總有一種微微的山嵐之氣向你靠近，那種無可征服的蒼翠，是大自然的巧匠造就的，我們只能懷抱近乎宗教的情懷遠遠的凝視，敬畏於大自然的博大精深，無法再說什麼了。

只有模糊的飄逸的繚繞的雲霧，才引起我們內心的震撼。天地混沌一氣，在模糊的想像中讓人為之傾倒，就像微醺時的那種心靈的提升。文無章法，詩無節律，寫出自己感動的，便是真品。文學讓人沉思沉醉，不是因為矯情和吶喊，而是那種委婉的耐人尋味、咀嚼的朦朦朧朧，模模糊糊的精神感召。文學不是教人們如何生活的工具，而是作家詩人心靈的折射；當你凝神看著那朵雲，雲的變幻是在漸漸模糊的畫面中展現它最美的剎那，魔幻似的飄蕩，它的美在於它提供你一個模糊的想像空間。

我們的生活模糊一些，心靈就豐美得多，像孔雀一樣完全開屏、敞亮。你在這模糊中的思考是擁抱整個生命的，那就讓你的詩文御風而行，你會找到那一片綠意盎然的蘆葦叢，那是我們的家。春江水暖鴨先知，那也是一種

極其模糊的「知」啊，鴨何嘗知道春天已來臨，季節的變化也是模糊的，只因為我們心裏是清明的。

距離又是什麼呢？距離就是時空的留白，就是從此岸到彼岸的路程，不僅僅是視覺上的感覺，還是思維和心靈交互作用的感覺。由於詩創作是很個人的，通常都會隱藏詩人不想說清楚的部分（有些人認為那是一種隱晦的語言），或用一種較特殊的語言組合，這樣來看，詩語言的不按牌理出牌，不以傳統方式來抒寫，打破固有的文字排列方式，而以一種非理性、非慣性、非文字學的角度呈現，也許對閱讀一般正常詩歌作品的讀者來說，是難以消受的。考量和決定一首詩的好壞優劣有很多因素，但詩語言的選擇、重組、排列都起了很大的作用。

詩人的觸覺是很敏銳的，感應神經比常人強，因而詩語言的運用也是相應的，每一個字放在最適當的位置，就能營造出不一般的意境或味道來，這就是所謂的「詩味」。詩要寫得像詩，首先要有經得起咀嚼的味道。詩是最堪玩味的，它的多層次多輻射的「玩味」，通常是潛藏的，不易被發現的。

> 我的靜默遙想群山的靜默
> 我的不語凝望古寺的不語

當你讀到這兩句詩時，心裏有什麼感覺？是把它當成一般的詩歌語言來閱讀，還是跟隨著詩人的思路在腦子裏構築一個全新的經驗？這是讀詩和賞詩不同的地方。詩，引人遐思的地方就在這裏，它可以讓你從心底發出讚歎，進而作出一些美的思考。

這兩句詩有什麼值得我們探討的地方呢？

首先，它表達的是什麼樣的情景和靈感的觸動呢？

一個是主體的「我」（我是可移動性的，不只是身體的移動，包括情感和心思的移動）。

一個是客體的「群山」（非移動性，作為大自然生態的一部分）。

一個是介於主體和客體之間的「古寺」（在某個特定時間內是非移動性

的，但也可在另一段特定時間成為被移動的物體）。

我游離於群山和古寺之間，受大自然的感召、感動，而派生出非常感性而抽象的感覺。我和群山之間肯定是有距離的，說不定這距離還相當遙遠，在詩人眼中，這一段距離產生了一種朦朧但親切的感情。我和群山原本互不相干，主體和客體之間沒有外在的關係，但並不妨礙彼此的接近、溝通和欣賞，這是由內在的機制所召喚而形成的，是屬於一種感情上的認同。但如果沒有適當的距離，這美也就建立不起來。

面對群山的靜默（靜默是大自然的一種美感），詩人能怎樣去跟這靜默交流？詩人也只好靜默了，處身在雄偉的大自然之中的人，是無法抗拒這種表面看來靜默但實際上暗流洶湧熱鬧非凡的生機的生態環境，很多時候都得保持沉默。只有沉默和寂靜才能感知群山的磅礡和神秘。詩人以她的靜默面對群山的靜默，反過來，群山也以它的靜默去回應詩人的靜默，但如果只是如此靜默的對視，這句詩也就沒有什麼令人動情的地方。該如何協調兩者的關係，而營造出特別的韻味？

詩人用了一句「遙想」來連接我和群山之間的「對峙」，從而打破靜默的局面和氣氛。其實，不管是我還是群山，都是不靜默的，只是由於視覺上的影響帶來的感覺。遙想，是個很飄逸感性的片語，它不完全是動詞，分開來說，遙是遙遠，迢迢，可指距離，想是想念，是一種心情或情緒。

群山的靜默是無從捉摸的，只能用我的靜默去遙想，於是我的靜默便有了質感，有了一種可探測的距離感。群山的靜默因了我的遙想也顯示它不靜默的一面，這是一種形象的描寫，用我的去烘託群山的形象，兩者有機地結合起來，形成綿綿密密的感覺。

同樣的，我的不語凝望古寺的不語這一句，承接上一句自然混成，毫無雕斧的痕跡。我在這群山之中見到這樣的一座古寺，本來是該語的，卻不語了。為什麼不語？

山中的寺總是帶著一絲神秘感、滄桑感。一般人來到這兒，會被那種氣勢所震懾，變得小心翼翼。能在山中建立這樣一座寺廟，當然很不簡單，這又是怎樣浩大的工程？詩人也一樣，面對山中的寺廟，她變得「不語」，她

的不語其實是應對著古寺的不語。不語的另一層面是「語」，但要「語」些什麼才能確切語出自己心裏的感動？在這山中，在這特殊的天地間，沒有比「不語」更能表達詩人內心的感動

不語和靜默差別不了多少，都是表達一種心情。只是一個比較深沉（靜默），一個比較浮面（不語）。我的不語是不知該如何表達，怕說出來會破壞眼前的環境氣氛。而古寺的不語是因為它的環境和建築樣式所決定的，古寺能「語」嗎？如何「語」？這都是耐人尋味的。

就此不語，恐怕連詩人都會變成化石了，所以詩人用「凝望」這個非物質化的動作把兩者連接起來。由於「凝望」，詩人和古寺之間在進行默默的對流，默默的對語，於是一切的不語變成了心靈的交通，一切的「語」在凝望中進行。

因為有了靜默的對峙，有了不語的對峙，有了彼此之間信守的距離，詩很有質感，一種異常跳躍的情思在詩裏流淌。

這就是距離的美！

群山本靜默，自成山的形態便是如此，面對靜默的山，「我」的「語」有失重心，故而靜默。「我的靜默遙想群山的靜默」，兩者之間其實沒有內在外在的聯繫，有的是詩人對山的想像和感覺，所以詩人用了「遙想」這個漫無邊際的「距離」來過渡，「遙想」是個橋樑。有了這個橋樑，「我」與群山之間便有了交流的契機，它帶給詩人的是一種土地般的厚實、凝重感。

古寺是造型藝術，是人類智慧的結晶、展延和凝聚，其外形仿若山，所以古寺也是靜默而悲穆的，山中之寺尤其具有這種神秘的悲戚感，只要梵貝鐘聲響起，就有一種極其莊嚴的出塵之念。古寺為何不語？想必是詩人一時的感懷，一山一寺，詩人能「語」些什麼，才能與之合拍共振？「我的不語凝望古寺的不語」，「凝望」也是一個橋樑，不語對不語，僅能「凝望」，不語其實是默默的「語」，讓它在心裏汩汩的流淌。

詩的奧妙就在此，人與寺與山與周圍的一切融合成一體，此時再「語」豈不破壞整個環境的靜謐氣氛，不語成了一種非常和諧的波動，營造出特殊的審美情趣。

龔　華 （1948 －）

臺南新營人，祖籍四川萬縣。輔仁大學食品營養系、中國文化大學中文所碩士班畢業。近年來以現代詩創作及詩翻譯與童書繪本譯寫為主。參與國內外文學交流活動，國際格瑞那達詩歌節（尼加拉瓜）、揚・斯莫瑞克詩歌節（斯洛伐克）、多屆世界詩人大會、東京地球詩祭及亞洲泛太平洋等國際詩會。從事癌症宣導，病友關懷等公益活動

　　資歷：中國詩歌藝術學會常務理事、中華民國新詩學會理事、創世紀詩社編委、國際貿易公司負責人、臺北榮總同心緣聯誼會創會會長。

　　現任：乾坤詩刊社社長、小白屋詩苑社長，中國婦女協會監事。

　　著作：散文集《永不說再見》，散文小品《情思・情絲》，詩集《花戀》、《我們看風景去》，中英詩畫集《玫瑰如是說》，童話繪本譯寫《醜小鴨》，中英法世界詩選《鶴山七賢詩選》、譯詩集《逆光》，主編《薛林詩選-自己做陀螺》，編撰：「中副大事紀」等 12 種。

時空遇合・唯情唯心
——一縷詩魂中的玫瑰心意

來到美麗的湖畔，不覺勾起波波陳年往事。此時，我才明白，長久以來，此心耿耿，一直盤旋在一個蒼老的青山，俯瞰藍天執守的湖心，一幅絕美的倒影。她，如水，圈圈激漣；如情，層層迴漾。

蒼蒼歲月，恍若隔世。當深秋再臨，落葉飄零時節，思念再起。她，一位當代的奇情女子，來自上個世紀 20 年代，於 2006 年 9 月 30 日離世。在世間走過八十五個寒暑，她致力於翻譯、評論、教育，卓越的學術成績，豐富了無數的人生。她豐盛的生命碩果，豈止一生一世所能承載。她傾心於生活、創作，在自稱「小我」的人生軌道上，滿載瑰麗風情，縷縷長情，唯情唯美的浪漫詩心，使她成為「比夢還美的女人」。

一 「落花流水杳然去」

她，胡品清，教授、評論家、教育家、作家，也是詩人、生活美學家。胡品清說「在我的心目中，女人該是美與愛的化身」，也毫不矯情的說：「我是純女人，感情至上」。她更誠實的說過：「假如人生中只有大我，生活會是多麼荒涼！」。因此，她願為追求美的藝術境界「捕風捉影」，也甘做「畫雲的女人」。

她遵從法國詩人波德萊爾的「請永遠做個詩人，即使在寫散文的時候。」在一顆浪漫的詩心裏，追逐美好、真誠、善良，她將隱藏的情思，寄望於永恆的「水月深深」與「詩句中的傳奇」。詩人瀟灑超逸，多年前，早已預備，寫下〈遺稿〉：

多年後
有人或想知道詩句中的傳奇
或從修辭裏探索隱藏著的情思

那時
月亮依舊燦圓
倒影於水底
水月深深
那時
明鏡依然高懸
反映花枝
鏡花亭亭

而寫詩者形骸退隱
空餘一縷有待研討的詩魂
沒人知道詞中寫的是誰或是甚麼
更不知道那些詩是否有人讀過　　　　　　〈遺稿〉

整整十年了，故人早已來到「明鏡依然高懸／反映花枝/鏡花亭亭／／而寫詩者形骸退隱／空餘一縷有待研討的詩魂」的「那時」，隨落花化水，仙流而去。且懷著柔情，悠然自在，含笑霧靄，逐夢成真，棲臥成碧水青山了。

卻想知道，她是否依然在意，「沒人知道詞中寫的是誰或是甚麼／更不知道那些詩是否有人讀過」

或有答案，在李白的〈山中問答〉詩中：

問余何事棲碧山
笑而不答心自閒
落花流水杳然去
別有天地非人間

忍不住再次翻閱了中英法《三語唐詩》,(胡品清教授編譯,中央圖書出版社發行,中華民國九十三年九月出版)。胡品清教授將〈山中問答〉置於三十六首唐詩之首,因而相信她十分偏愛這首李白的詩。她的英譯令人心驚又心喜,彷彿音影重現,她栩栩如生,依然自得其樂,在華岡小樓上,與世無爭:

> You ask me why I live in the green mountain,
>
> Smiling, I answer not, my heart at ease.
>
> When fallen flowers and water flow far away,
>
> My universe is other than human.

二 「別有天地非人間」

胡品清,不追逐浮面物欲,高雅的心靈,流露出氣質的華美。她自有天地,無需刻意妝點的素淨室內,如少女純情般的浪漫,四方角落自由發散。她赤子童心,率真柔情,惜天地萬物,上下課途中也不願錯過。她彎腰撿拾路邊的小花小草,帶回小屋細心照料,原本奄奄一息的微弱的生命,不僅起死回生,樣貌上也如她所孕育、生養,成長得有情有愛。

她孤影煢煢,卻自得其樂,小樓裏收藏著各式各樣的心靈小物。她蕙質蘭心,細膩柔軟,駐足於人生各種芬芳,感恩的將山坡上的素雅小居,稱做「香水小樓」。

她生活簡樸,生活中擁有的『四書』:看書、寫書、譯書和教書,足以使她的精神豐碩。因此她無需追逐風潮、周遊玩樂,僅潛心以法國十七世紀科學家兼哲學家,巴格阿勒的名句為伴:「人之悲劇莫大於不安於室內」,在寂靜的暑假校園裏,「決定把自己做成室內人。」她坐擁「香水小樓」室內的寧靜,為自己安排了《三語唐詩》的編譯,當作「美麗的暑假作業」。

她在《三語唐詩》的譯序中說:「這本中英法三語唐詩結合美學和可讀性,該是一股文化清流。即使無法出版,我也算是替自己安排了一份美善的

暑假作業，且自覺比股商巨賈更為富有。」仿若自問自答，也透露了她坦然、透明，安然處於「無人之境」的灑脫性情。

而「別有天地非人間」的英譯句子「My universe is other than human」，最終也說明了她的豪邁純樸。她追求心靈世界的單一遼闊，她的唯心價值，本身就是一種「存在」，存在於比任何人生都要富足的心靈宇宙！

三　「任性的唯情主義者」

胡教授的選詩標準，自信、明確。在技巧、內容、美學、描述手法、排偶、邏輯的諸多考量中，她特別著眼於美學。不在意他人的評比，這三十六首唐詩的挑選，全憑自己的喜好。於譯序中，她開宗明義的說：「社會越來越反美學，我對美學和美感也越來越重視。反美學就是反道德，因為美的就是善的」。

另一本美麗的譯詩選「戀曲與其它」，胡教授翻譯的是美國女詩人緹絲荳（Sara Teasdale）的情詩創作。她認為「緹絲荳細緻、透明、樸實無華」。在譯序中，並以「對愛之嚮往與失落，對人生之澈悟，獨立不倚的精神，這些詞句也許能概括她的詩篇。」來描述這位「玫瑰詩人」。封面浪漫多情、滿版鮮紅的色澤中，伴有將綻未綻的花朵，含苞開向詩句窗口：

> I asked the heaven of stars
> What I should give my love
> It answered me with silence,
> Silence above.

> 我問星空，該給吾愛什麼彜
> 她報我以沉默，上方的沉默。

隨後的字句看來應該是譯者的旁白：

> 緹絲荳是個韌性的女子，
> 永遠不知道自己要甚麼。
> 沒有愛的時候，她渴望愛情：
> 有愛的時候，她追求幻影。

這四行「旁白」批註了緹絲荳是個「任性的唯情主義者」的同時，隱約也提示著詩人更深沉的自己。胡教授彷彿從不諱言，對愛的渴望！

胡教授的唯心、任性，自有其生命的感性與理性，也自有其專屬的一種美麗的執著。她認真誠實，不在意別人的評價。她堅持「美的就是善的」。她是非分明，討厭偽善，寫作題材，全來自生活的真實歷練。她以自己人品的清純，捍衛美善的價值。胡教授一生唯情、唯美，正因為任性、唯心。

四 「自畫像」

「夢谷呢喃派」、「象牙塔裏的女人」彝世間若真有那美得令人心碎、無以救藥的浪漫，我們又何妨以更夢幻的稱呼名之彝 當她回望摯友王心瀞女士為她鏤刻的墓誌銘「這裏臥著一個比夢還美的女人」，應該終能含笑而去，告別浪漫而莊嚴的一生。

引述《最後的愛神木》中，卷首史紫忱教授的話：

> 胡品清的詩有淡泊的悒鬱美，
> 有哲學的玄理美，
> 有具啟發力的誘引美，
> 還有詩神在字裏行間翩然起舞的韻影；
> 她的文字用東方精神做骨幹，
> 以西方色彩做枝葉，
> 風格清新，
> 意象獨特，

籠罩萬古長空的「無」

和一朝風月的「有」，

像一杯葡萄酒，

既醉人又醒人。

　　知品清者，如史教授，短短十行，言簡意濃。尤其，「籠罩萬古長空的『無』／和一朝風月的『有』／像一杯葡萄酒，／既醉人又醒人。」，恰當的描繪了這棵詩神「最後的愛神木」，最美善的風景。

　　《最後的愛神木》的第一輯「自畫像」，胡教授在〈我的名字是迴文〉中，她自「畫」自語，稱自己的名字「品清」兩個字，「順讀倒讀都行」。但她仍強調，最「該在乎的是一個『清』」。

　　胡教授清淨淡泊，疼惜大自然心，從未止息。〈山山樹樹〉，自然間的景、物，入得詩來，樸實無華間，與大自然的對話，有彼此源自心谷的呼喚。

……

一枚野石一朵雲一株蕨草

能使我，忙碌終朝

山中樹啊山中樹

只要凝視你們的溫良恬靜就足夠

怨懟遠離

憤懣不再

綠色的緘默教我卻除苦澀

於心谷之外

五 「悒鬱美」

在 2003 年 2 月出版的詩集《最後的愛神木》裏，胡教授在卷首親筆手抄一首詩。這首卷手詩，仿若無題，但竊想中，那畫面風景中的動與靜，是否正如紫忱教授所云：「胡品清的詩有淡泊的悒鬱美，有哲學的玄理美，有具啟發力的誘引美」？

她的悒鬱美，是玄理美，也是誘引美。她的悒鬱美，引領著她，由柔弱而剛強。隱約領會到，胡教授從不拒絕天生的多愁善感，而欣然面對。在孤寂中琢磨、衍化出自我的能量，在苦楚的矛盾掙扎中，尋求自我安頓。她更珍惜「大我」「小我」之間互換、互援的熱力。她總是強調：「每人都有大我與小我的兩面，只有聖人才是例外。我用崗位實現莊敬的大我，用詩文詞曲呈現藝術的小我。」

我欽佩詩人的溫柔而堅強，也仰慕她的坎坷卻勇往。我記取她的無懼與上進，更深深感念她的教導與激勵。那段個人的谷底歲月中，她曾叫我不要拒絕焦慮，焦慮來時，便以焦慮為題材、為動力，寫「焦慮」！在一張歲末卡片上，寫下祝福語句：「知你禁言，未敢電候，只用自製的卡片，祝不藥而癒」。同時再次抄寫鼓勵《最後的愛神木》的「無題」卷首詩，回應我的「無語」。

窗外榕
畫風
非用筆
但用
氣根之動

窗裏人
畫情

非用筆
但用
蘊藉的心

終究釋然，悒鬱的心，一時如雨降甘霖。我讀著詩中的「心、神、有、無」，一面思索著胡教授的提醒「寫焦慮」。在她漂泊的人生裏，她曾無奈的感到自己變成了卡繆筆下的異鄉人，「對生存的荒謬感愈來愈強烈，寂寞也愈來愈濃」。但終究要「真誠地面對自我，記載自己的生活、美感經驗和真實的心聲。」我忽然明白，她彷彿要勸說的是，既然寫作注定是一種命運，我們就欣然面對一切，無論美麗的或哀愁的，都能「裝飾心靈之一角，使生活美麗」。我也終於從中意識到「悒鬱美」的底韻，它同時也是激發某種文學智慧的天然色澤，用以對抗、甚至療癒人生理所當的「大哉問」。

六 「雨天書」

十年，冗長的時光隧道，忽明忽惑，心中卻始終批著朦朧的雨霧，未曾真正與她告別。久久無法織補的缺憾，如夢緣的噬痕，令人心戚。願能跨越時空，為再次的美麗相遇，為「好久不聯絡了」的懸念贖罪。

胡教授惠贈的著作，在潔白的扉頁上，總會見她親筆寫下的字句。那次，她寫著：「Karen，好久不聯絡了，送你這本『倒車書』」。

因時間久遠，不記得那時已多久沒上山探望詩人。「好久不聯絡了」筆跡裏的繫念，令我隱隱作痛，懊惱、悔恨自己的怠惰！自己的殘忍！那已逝時空中的等待身影，何等叫人心碎。簽書日期是 2005 年 2 月 21 日，當下墨跡依稀染著春寒，華岡陰冷多雨，但願不是個雨天，因不忍回想〈雨天書〉裏的淒苦心境：

......

群山淒苦

芳草在風雨中偃臥

疾風飲我以凜冽

斜雨浸我以濕灕

重霧貽我以淒迷

賞花不能

踏青不能

款步不能

你之錦書不來

……

最後一次，我選擇雨天，帶了兩隻布偶貓咪，在內湖花市選了一束鮮紅玫瑰上山。胡教授的小樓門窗緊閉，左右鄰居也沒人應門。耽心貓咪「走失」，更擔心玫瑰枯萎、變得難看，我徘迴許久，又猶豫著將她們帶回。至今心中依然懊惱遺憾，為藏著一束未能送出的玫瑰心意，而悲傷。

七 「倒車書」

又彷彿她還在、還能聽見，因為，詩人的簽名是那樣的栩栩如生，潦草卻清晰的字跡，就像她率真的性情一樣傳真。

《萬花筒》上，她寫著「你之真情，令我感動」。

《戀曲及其它》，她寫著」Karen，也許，這本書你會喜歡。Patricia，5,31,2003」

《法蘭西詩選》的蝴蝶頁，她用兩枚五彩晶亮的玫瑰貼紙黏貼著一張便條：「Karen, 花戀是我收到過的最美的詩，裏裏外外，詩淒美，圖甜美。送你這本法蘭西詩選，168（頁）後的『愛情二重奏』和你的詩有異曲同工之處。選一首詩很難，『瓷像』是我偏愛的詩作之一。品清」

〈瓷像〉

攀梯而上
將你安置於不可觸及的地方

只仰瞻
以溫柔之眸
只眷戀
以虔誠之心
只供奉
以花果及香火氤氳
但不觸及

不觸及
因恐偶一不慎
使你殞落於地上
碎成片片
即使
回到古代的御窯
回到景德鎮
亦屬徒然
因你是唯一的傑作
唯一的

遂攀梯而上

　　《最後的愛神木》在 2003 年二月出版，我在她簽贈「For Karen, Patricia Hu, 2003」的對頁「蝴蝶翅膀」上，抄錄了當下胡教授發表於「中副」的詩作〈寫在明信片上〉，她十分開心的說，這是最好的回贈了：

蒙馬特的山丘上
屹立著白色的教堂
堂名聖心
盈盈亭亭

於我
祂甚遙遠
卻因祂面對你之書房
而天涯若比鄰

已是嚴冬
凜冽深濃
木葉盡脫
當寒風起天末
我彷彿聽見
堂前落葉聲

（胡品清詩〈寫在明信片上〉，2003.2.18 龔華抄錄）

此時秋光未盡，聽見堂前落葉，也依稀聽得見詩人親切的嗓音，Karen！
她總是這樣喚我。卻無處尋覓時光機的轆轆聲響，載著這情深的九月，倒檔
回去。

唯獨《三語唐詩》的贈書語：「送你這本『倒車書』」，耿惑在心。始終
遺憾，未能親耳聽見胡教解說「倒車書」的緣由。是胡教授心思獨具的創意
彝 也只能憑藉想像，詩人本是性情中人，一生唯心真情。「倒車書」或許是
詩人的謙虛，一種自動心靈的純樸，信手拈來的「品清」式的無邪、瀾漫。

而我樂於再次翻開似水柔情的那顆美麗詩心，在幽幽含光的氣質中，為
深邃的寓涵再度尋尋覓覓！但願，「倒車書」一詞，實為一則暗喻，存在著
時空交錯，包容著真情女子的夢想。夢想為世人遺留，為開啟一個跨越靈魂
的空間。

　　我也寧願相信，隱喻中，浪漫詩人為我們開鑿了似水柔情的渠道，穿越古典現代、今生來世。無分時空，順向、逆行，自由穿行，我們得以在「品清」式的唯情、唯美的浪漫宇宙間，再尋遇合。

　　　　　　　　　　蠡澤湖畔憶胡品清教授辭世十週年，2006.9.30

李宗舜（1954－）

原名李鐘順，易
名李宗順，早期另有
筆名黃昏星及孤鴻。
祖籍廣東揭西，1954
年生於馬來西亞霹靂
州美羅瓜拉美金新
村。1967 年與溫瑞
安、周清嘯、廖雁平
等創立綠洲社，1973
年參加天狼星詩社。
1974 年赴臺，曾就
讀於國立政治大學中
文系。與溫瑞安、方娥真、周清嘯、廖雁平、殷乘風、胡天任及一班同好共
同創立神州詩社，任副社長。爾後負責神州出版社發行部，擔任青年中國雜
誌社社長。曾擔任綠洲期刊、天狼星詩刊、神州詩刊、青年中國雜誌，代理
員文摘等刊物主編及跨世紀季刊總編輯。現任馬來西亞天狼星詩社常務副社
長。1994 年任職馬來西亞留臺校友會聯合總會（簡稱留臺聯總）行政主任
至今。

著有詩集：《兩岸燈火》（與周清嘯合集）、《詩人的天空》、《風的顏色》
（與葉明合集）、《風依然狂烈》（與周清嘯、廖雁平合集）、《笨珍海岸》、
《逆風的年華》、《李宗舜詩選 I》、《風夜趕路》、《四月風雨》、《李宗舜詩選
II》、《香蕉戲碼》以及散文集《歲月是憂歡的臉》（與周清嘯合集）、《烏托
邦幻滅王國》、《十月涼風》等。

寫到我走

或者在粉牆的光纖流浪
設置己身蠻荒之孤島
一段一段重疊傳唱
讓時速寫在我的肩膀

在沒有車軌的鐵路上
在落荒而逃森林裡
涉水而過的險灘
背棄強光，寫到我走

當我離開的時候，如果還有一首詩深夜讓你感動想起我，我這一生就沒有白活。

馬來西亞有人出版社實習生劉耀勝 2012 年約見訪談創作，詩與生活。

我說 2011 年元月至今一年半，一共寫了近四百首詩。

我也不知自己是如何走過來的，忙碌的過日子，忙碌的天天與詩為伍，詩人好像天天都在換血。

文學，尤其是詩，總是語不驚人死不休，浪漫而雋永。帶點苦澀同時甘美，如咀嚼橄欖卻回味無窮。

詩人時刻尋覓未經雕琢的玉石，增添詩采，感慨人生逆境徒勞無功而沮喪，又富人生哲理，產生岐義。虛實間營造疊蕩的多層象徵意義。

欲語還休，偶而情境低沉，時而荒腔走板。生命有體悟，流浪是心境的浮木，語音帶著蒼勁，可泣可歌。

別人覺得他無聊，但他認真。他是虛構主義者，也是真情的知音告白。

意象疊嶂一直鋪陳詩質的密度，語言濃縮精簡，對現實存在的糾結和困境，終將提升到另一層次的美學境界。

遇事啟動神經，感慨生世命途多舛，牽腸掛肚，嘔心瀝血，有所指涉，旁人視若無睹，唯他感同身受。

詩人是天才，和瘋子是一線之間，瘋子沒有未來，最終走進瘋人院。詩人則繼續高歌，昇華，寫五味雜陳的詩章，對著空氣，帶點傲慢和無奈的說：我是寂寞的。

一扇繆斯的天窗，就是他預定步入殿堂的大道。生命短暫，青春會憔悴，明日黃花，只有耐讀的詩是永恆。

卡夫卡說過，惡不存在，一跨過門檻，就全是善。詩的善美令人憧憬嚮往，真情擁抱當下，關懷世間苦難，成就詩人對繆斯的傾訴，即隱匿又自我，風格誕生，詩人誕生。

一個人對文學堅持的態度，將決定一個人在文學創作的高度，堅持如同登山，攀越高峰倍增孤單，但看得寬闊、深遠，如霧如花，虛實同步，天地與我交集，人在山中。

跨出門檻最艱難的一小步，你會發現，那是海闊天空的一大步。

以失散故人多年的心情重拾舊筆／每日一詩鞭策自己／五日一詩變得可能／在這片土地曾經失去／再重新回到蘭花城站立

無所用心、無所事事、渾成天成是現時持續擴大創作版圖的心境，一首從靈光自在閃現於自我陶醉的詩話和夢境，使我不得不相信，閱讀使詩潮豐沛，磨難使心志成熟，寫作使視野圓融，日夜鍛練以壯大詩魂體魄，在自我叛逆鼓動下，詩就是追求生命的焦慮，用詩來懷疑過去，從而將過去、現在和未來（如果還有）緊貼擁抱在一起。

在詩的原野上，我寧願是草地的牛羊，吹拂的風摺疊一波一波的草浪，遠眺大漠，浩瀚的大海撈針，耳邊響起鏗鏘的詩句。

而掌握語言、節拍和旋律，詩於焉誕生，風格誕生，苦難誕生。充當眼中閱覽過的實物，激盪心中起伏不定的漣漪。

波特萊爾曾說：「要看透一個詩人的靈魂，就必須在他的作品中搜尋最

常出現的詞，這樣的詞彙會透露出是什麼讓他心馳神往。」而我心中想著風，想著雨。

想著想著，詩魂走來，不老的江湖走來。

凌晨，夢悄悄走來，告訴我

怪誕不經思索的眼睛望向窗櫺

「昨夜星辰昨夜風

畫樓西畔桂堂東」

隱形眼鏡看到自己

從虛擬的世界捉住時間

拋向航行的渡輪

讓記錄海浬的儀器記錄自己

夢境中文字真實如

剛下過的一場清新小雨

用寫詩的手深掘內在的

游離大海的靈魂

深叩意象的大門

當詩在和人在

當詩亡而人亡

2016 年 7 月 18 日八打靈

蘇紹連（1949－）

臺灣臺中人，1968 年與洪醒夫、陳義芝等人創立「後浪詩社」，1974 年改為「詩人季刊社」。1971 年與林煥彰、辛牧、蕭蕭、施善繼等人成立「龍族詩社」，1992 年與向明、尹玲、蕭蕭、白靈、李瑞騰、渡也等人創辦「臺灣詩學季刊社」。1998 年以網路筆名米羅・卡索建置《現代詩的島嶼》網站。2000 年建置《flash 超文學》網站，2003 年建置《吹鼓吹詩論壇》網站。曾獲創世紀詩獎、中國時報文學獎、聯合報文學獎、國軍文藝金像獎、臺灣新聞報西子灣文學獎、中興文藝獎章、年度詩選詩人獎、文學部落格等詩類獎項，著有《茫茫集》、《河悲》、《童話遊行》、《驚心散文詩》、《雙胞胎月亮》、《隱形或者變形》、《穿過老樹林》、《我牽著一匹白馬》、《臺灣鄉鎮小孩》、《草木有情》、《大霧》、《散文詩自白書》、《私立小詩院》、《學生小丑的吶喊》、《少年詩人夢》、《時間的影像》、《時間的背景》、《時間的零件》、《鏡頭回眸——攝影與詩的思維》等詩書，作品多次入選年度詩選及各類詩選。

我的詩見與私見

一　詩的發生／先有詩，還是先有人？

　　我始終不解的是，詩是自身已存在於世上，還是因為人的感發而產生出詩來？這應不是雞生蛋、蛋生雞的問題，不過，詩雖不能生人，而人卻可能生詩。現在問題是，沒有人來生詩，詩會不會已存在於世上？你覺得答案是什麼？

　　這就是要探究詩是麼發生的？

　　若說詩是自身存在，非人類去產生它，則它是什麼形態、怎麼存在？假設天地萬物間有詩存在，例如風聲的現象、雲雨的現象、水浪的現象、星辰的現象、萬物生死的現象……等等，這是不是詩？假如是，詩則是單純的一些自然現象，無需人為的塑造，它的確是能自身存在。

　　所以我但可以這麼認為「詩，先於人類而存在」，是人類後來才將它說出來、寫出來。詩，本來是無語言無文字的，在大自然中生發，以萬物的徵兆和形象而存在，根本是先在語言文字之前，也先於人類之前。

　　若是詩早在人類之前，則詩，是不是能當作大自然之道？詩的道是什麼？我願理解它是萬物形成現象的方式，是符合大自然的一種詩意。這種詩意是存在的，不需有人類去創造它。

　　然而大自然生發的詩意，若要變成語言文字，則需要人類去完成它。這時，什麼人能去完成它？是每個人都能，還是經過選擇嗎？

　　一個大自然生發的詩意，不是每個人都能發現或能寫出來的，也不是每個人都能寫出一樣的。所以大自然生發的詩意，仍與人類保持某種無法觸及的因素。我把這樣的因素看作是「緣份」，詩為什麼會選擇在某些詩人的身上轉為語言文字，這是一種緣份。或許可以這麼說，詩有緣與你來相會，藉你之口而說出，藉你之手而寫出。或許也可以這麼比喻，是詩來到人體裏，

在人體懷孕了，經過這個人的孕育，最後將它誕生出來。

那麼，為什麼某些人能源源不絕的孕育詩作，而被稱作詩人？除了這人特別跟詩有「緣份」外，還有其它的因素嗎？

我們來想想，一定是這人有其特別適合詩「著床」的條件，才會讓詩像種子一樣埋入土壤裏。第一，詩喜歡能與之對話的人，而這人與詩的情性相契合，能與詩能談得投機。第二、這人有豐富的想像能力，在其想像之下，詩變得更有活力。第三，這人有適合呈現詩的語言能力，能讓詩從大自然的現象呈現轉變為語言文字的呈現。第四，這是最基本的條件，即這人是一位詩的熱愛者。

既然詩是再透過人的創作技巧和語言文字的形式來呈現，那麼，人便扮演了創作的角色。本來是大自然生發的詩，到了人類的手上便成了孕育的種子或養份，或是成為人類創作詩的素材。人類所認為的詩於此形成一個以語言文字為媒介的方式，終於固定下來。

那麼，我們也會發現，是有些詩人因知曉語言文字的使用技巧，例如：修辭、比喻、聯想等等，他直接用技巧和自我的情志產生詩作，成了不必依據大自然生發的詩意來寫詩。這種情形，可以說是人類在生產詩，亦即有人類才有了詩。

人類的情志漸漸取代了大自然生發的詩意，人類有了情志而動心想表達時，便可能選擇用詩的方式，依情志的內容和語言文字的技巧，盡情發揮。這是相當美好的事，詩，如是而發生。

我們可以如是歸納為兩個說法，一是先有詩，詩生發於大自然，以現象為詩，後來被有「緣份」的詩人得去，再由詩的語言文字轉釋出來。二是先有人，尤其是詩人，他以自己的情志為詩的題材，透過自己的語言和文學技巧，而將詩表現出來。

這裏，仍是要強調人的重要，若是沒有人、怎麼說出它是詩呢？大自然的詩意是無語言文字的，而人類創作的詩，則是用了語言文字。

二　獨立與依靠／詩離不開人，還是人離不開詩？

　　以人為本位，當然是詩離不開人，詩必須依賴人的語言和文字而存在。詩，也唯有在人類手中，才會像變魔術一樣給予形式的千變萬化和內容的包羅萬象。沒有了人，詩往往像是飄忽不定的魂魄，沒有依附的形體也就沒有可以塑造的面目。

　　但若以詩為本位，詩是無所不在的，有的在於人，由人展現其詩意，有的在於天地萬物，由天地萬物展現其詩意。可見，詩的存在，人只是其一的選擇，並不一定需要人才能展現詩。詩有其自主性，是有可能的，它寧願離開人的時候，人是追蹤不到它的，這就是有些詩意永遠無法被人類寫出來的原因。

　　兩者離開而獨立，或是結合而共生，均有可能。換句話說，詩離開了人，或人離開了詩，都能各自獨立，過著自己存在的方式。要是融合，則具有更多可能的繁殖形態產生，且給詩和人帶來極大的影響。

　　詩有了人，詩將被人類紀錄，而有了時間和空間的定位，成為延續的生成模式；詩也在人類的世代裏扮演見證歷史的角色，以及開拓文學創作的前鋒隊伍。人有了詩，詩將把人類的語言推展至精緻的質地，也把人類的想像組構成意象，讓意象豐富了現實世界的畫面。

　　由此，我們應極力推廣詩與人的結合，不管是創作或閱讀，詩唯有進入人的身體中，才有再發揮更多詩意的可能；人唯有進入詩中，才有提升更精緻的創作技巧及形式的可能。

三　自然與人為／詩的存在環境？人的存在環境？

　　詩，是無所不在，在哪裏就有那裏的特色，如果在海上，詩意就澎湃著海的現象，如果在山上，詩意則遍佈山的形象。詩，能在不同的地方與環境結合，從未排斥其存在的環境；詩，也能把其存在環境彰顯出特色來。

　　人類，不是無所不在，而是只在於能適合生存的地方。基本上，人類需要先與生態環境（例如土地、河川）共存活，而後人類再建造自己的人為環境（例如房子、城市），如此，形成了人類現代化的文明。但是，人為環境若是破壞了生態環境，則人類將有一日遭遇永劫不復的毀滅之境。

　　詩，在生態環境裏，是自然生成的，是順著脈絡呈現的，是不違反天道運轉的，落花水面皆能生發詩，俯拾皆是，渾然天成。而詩與人結合後，詩則有一部分隨著人的生存環境而改變，變成人為環境的一部分。像那些政治詩、社會詩、科技詩、宗教詩、戰爭詩，都是人為環境下的產物，又像那些文創品，把詩與對象結合，如飲料、杯子等等，或是設計成遊戲、地景裝置等等，都是人為而寫的詩。

　　詩在人為的環境裏存活，變得更多樣化，更與人的生活貼近，這是好事。

四　出詩的緣故／什麼樣的地方什麼樣的時代什麼樣的人就有什麼樣的詩？

　　人的存在環境並非是一成不變的，簡單的以空間來說，不同的地方就呈現不同的環境面貌，甲地或許平和、安全、乾淨，乙地或許動亂、危險、髒亂；或是以文化教育及科技使用來說，也可呈現一個較開化一個較落伍的世界；再以財富懸殊來說，貧窮戶相對於有錢的爺們顯然有一種弱勢感。詩是跟著人走的，人在什麼樣的空間裏，人就會被環境的顏色浸染，詩必然會是這一存在環境最忠實最直接的反映。

　　以時間來說，由於世界文明的變化過於迅速，尤以科技的進步更為驚人，不到三、五年就汰舊換新，所以人們習以十年為一級，每差一級就有相當大的差異性，大約三級就是一個世代。不同世代的創作社群和圈子，說著相類似的語言，談著共同關心的話題，形成同溫層，而在創作面目上，過於相似的則免不了模糊。不同世代活在不同的同溫層裏，相互取暖；前後世代有可能相互叫陣，愈來愈多爭鬥現象則在網路上發生。

　　雖然什麼樣的地方什麼樣的時代，不見得絕對就會產生什麼樣的詩人；

但是，什麼樣的人就寫什麼樣的詩，倒是有可能。單以創作的理念上來看，有人特立獨行，有人是隨波逐流，有人外向性較強，特注重大我現實寫作，有人內向凝視自我心靈，愛寫小我生活或情感。創作者，會知道寫什麼詩，有人善變，有人卻也一路走來，始終如一。

詩，選擇不同的人，做不同的呈現。聰明的詩人，會選擇出詩的方式，會找自己的詩路。詩人改不了環境的，就會改變自己，用詩來證明。

五　分享與分眾／什麼樣的讀者讀什麼樣的詩？

詩，原本是無分享對象的。詩的生發，是詩的自我完成，像是完成自己生命的一個過程或是儀式，當儀式結束，詩也就隨著消失，而非繼續留在天地萬物之間。這種和大自然一起生發的詩，也是屬於大自然的一種現象，來來去去，不需有讀者的。

詩，原本是任由分享的，也就是不選擇分享對象的。詩，形成了，它可以被看見、被感受時，就由可以看見它感受它的讀者分享，白雲映現水中有詩，由流水分享，也由魚分享，路過河邊的小鹿也可分享這種詩意。

自從詩與人結合後，人為的詩，由語言文字完成，也有了分享的對象或是不同的讀者。這一切的環節都與人有關，而非純是大自然中生發的詩那麼單純，開始是取得詩意，進行創作的思考，書寫為語言文字的形式，刊載於物質及科技媒介，並透過傳播，最後為讀者所閱讀。

分享的對象或讀者，有私下分享的，例如給自己的親人朋友，是一個密閉式的分享空間，人數不多，少則一人，這樣創作的詩，並不是為了讓大家瞧見，所以沒做公開的準備。相對的，也有公開分享的，是開放式的，供人讀取。

公開給大眾分享，詩作變成由讀者取捨，所以主動權在於讀者，從讀者的立場，詩是被讀者選擇的。我們就可以說：「什麼樣的讀者讀什麼樣的詩」，自此以後，詩被接受的情況開始分眾，有的詩擁有大眾，但絕大部份的詩都是小眾閱讀，無可避免的結果是：詩的命運由讀者決定。喜愛情詩的

讀者選擇情詩來閱讀，喜愛社會現實的讀者選擇書寫現實的詩來閱讀，喜愛哲理詩的讀者選擇哲理詩來閱讀，喜愛地景詩的讀者選擇地景詩來閱讀。

依據這種情形，讀者也是消費者，詩人則是詩的製造者或是供應者，消費者有權利選擇所要的產品，至於製造者是否要符合消費者的品味而供應產品，那則是製造者的權利。就創作的精神來說，創作者不應為符合或討好讀者的喜愛而創作，可以根本不理會讀者，而讀者也只能就現成已公開發表的詩作去挑選自己喜愛的詩。

但是，現今的作者似乎懂得行銷術，除了寫讀者所喜愛的詩作風格外，更以裝幀的物質形式包裝來吸引讀者購買，像是一些詩集，變成裝幀喧賓奪主，比詩的內容更重要，賣給讀者的賣點竟是裝幀。說什麼詩集的保存價值，全不在於詩作，而在於那些工藝裝幀。

這就是人為創作的詩，所引起的副作用現象。

六　封閉與開放／詩和作者和讀者，要活在同溫層？

作者寫詩，讀者讀詩，兩者之間的介物即是詩。詩，將作者和讀者聯結，並成了橋樑，而讓作者和讀者有了對話的可能。但是有些詩不是成了橋樑而是成了高牆，作者與讀者之間有莫大的隔閡。

當然，詩的尊嚴是自身存在，不受左右，不為哪一方服務，詩可以不成為橋樑，也可以不成為高牆，詩應只是被欣賞，像被欣賞的橋樑或是像被欣賞的高牆。但話說回來，詩像橋樑，意指讀者能讀通詩的意涵，有可能與作者心中的詩意相通暢，也就是所謂的感同身受或是共鳴，這樣的情況可以進一步顯現，作者與讀者的語言模式是相契合的，意象是可以在讀者想像中刻畫出來的，情感也是可以在讀者心中運轉的。作者和讀者相濡以沫，我們可以將這種情形視為一種同溫層現象。

而說詩像高牆，意指詩變成一種阻隔，作者在牆內，讀者在牆外，之間的詩沒有門、沒有梯子，一般讀者進不到裏面。或許這堵牆有秘密機關，只有特殊讀者有辦法知道和破解，才能進入，這樣的讀者，往往是少數，是小

眾的小眾。有些作者並不擔心讀者少，認為詩作應不是門戶大開，他寧願等
待能打開這堵牆的讀者，認為真正的讀者是能發現詩作的密道、能解詩作的
密碼，這才是作者的知音。

至此，我們可以探討作者是否必須為讀者而寫，是為大眾讀者而寫？或
是為小眾讀者而寫？或是不為任何讀者而寫？作者可能必須面對的是這三種
情形。其一是為大眾讀者而寫，勢必考慮大眾讀者的閱讀能力，尤其太繁複
的技巧和太深奧的內容都要簡易化，語言得大眾口語化。其二是為小眾而
寫，則作者考慮的應屬於那小眾的讀者圈中的共鳴度，尤其是講究詩藝的技
巧和內容，有小眾的一些回響即可。前述這兩種情形，作者和其讀者自然而
然的形成同溫層現象。而第三種情形是作者的創作完全不考慮讀者，寫了詩
是給自己，至於被哪些讀者看到，或有多少讀者的反應，他完全不在乎。

回到寫詩的本心，大致可分為三種，其一，詩是自身的生發；其二，詩
是詩人自身的抒發；其三、詩是詩人和對象（讀者）的應和。前兩種可以說
不涉及讀者，詩人寫了什麼詩，能否給讀者如何，則非作者寫詩上的考量。
而第三，詩人就相當重視讀者，或者說，是相當重視潮流趨勢，懂得讀者喜
愛的口味是什麼，無疑的，詩人寫的詩符合了時代脈動的頻率，他滿足了讀
者，也成就了自己。他從無意到有意，製造了他的粉絲同溫層。

沒有誰能把讀者從這種同溫層拉出來，除非詩人自己讓同溫層消失。

七　時間與空間／詩能活在不同的世代和不同的圈子嗎？

當詩與人結合後，詩不再自我存在，那麼詩是怎麼活著？詩被詩人寫出
後，詩只能活在各種載體上，才被看見和聽見，例如書本上、紙上、器物
上、網路上，或是轉換為曲譜上的歌詞，或是成為影片上的聲音文字，在這
種載體上才讓詩存在而活著。因為有載體，詩才能被人類看見、聽見，所以
詩人寫的詩需要找載體發表並傳播，否則，詩到作者自身而止，將永無他人
知道，也隨著詩人的逝世而消失。

　　詩人把詩留在世上的方法，傳統上就是於載體發表，然後集結詩作出書，有了書，能被圖書館收藏，被讀者購買，則有可能被流傳下來而留存於世。然而，詩人那麼多，詩集也那麼多，真正被記得的並非是全部有出書的詩人，那麼是怎樣的詩人才能被流傳呢？必然是寫出好詩、重要的詩、為人們所需所愛的詩，這樣的詩人吧。所以詩要能流傳的條件除了載體外，就是要視詩是否有流傳的價值。詩流傳才真正存活，否則詩也會到載體而止，載體被沉埋，詩也被沉埋。

　　詩的流傳，有時間性和空間性兩種。時間性，是指詩存活的時間，比如說，剛發表，為讀者所見，但過一段時間，即不再被閱讀，這種存活時間是短暫的；或是有長一點，在這世代能被閱讀，但換到別世代，沒人要閱讀，好像詩只活在他原本的世代；或是特別一點的，是這世代不被閱讀，卻在另外的世代被發現被閱讀。詩的命運實很難預測，發表時被同世代忽略的，竟也有可能過了幾世代才再出土，像鹹魚大翻身被重視，這種情形是有很多例子可尋的。

　　另外就空間性來看，空間可以視為一個圈子，或是一個地區，或是一個國度。每一個空間都有其文化背景和特性，有的較開放，有的較封閉，有的較感性，有的較理性，有的較專制，有的較民主，有的是單元，有的是多元。而詩，在不同的空間裏產生，必也是那個空間所允許和和認同，是那個空間的產物，如此才能存活。不過，有的詩是有跨空間的能力，在某一個空間不能生存，卻在某一個空間開花結果。詩透過傳播、翻譯進入到不同的空間之後，也有可能比原生地更受喜愛。

　　以詩的元素來看，語言在時間性和空間性之中，扮演重要的角色，也是決定詩作能否流傳的主要原因。不同的時間裏和不同的空間裏，本就有不同的語言差異，換了不同的時間和空間，這種差異會有更多的變化，致使詩作必須透過翻譯或析解，才會被讀者閱讀。如若沒有翻譯或析解，詩，只能活在自己出生的時間和空間裏了，換句話說，就是活在自己的世代和自己的圈子裏了。

八　詩的宿命／詩，沒人讀，要怎麼活下去？

　　總結以上的私見，能不相信詩的宿命嗎？有多少詩人寫過多少詩，網路現象裏，每天上網寫詩貼出詩作的，不計其數，每月累積的網路詩作有上千首，能被瀏覽到的會有幾首？當詩多到有人讀和沒人讀都一樣的時候，發表也失去意義。這時，詩人再去尋找讀者，也已是本末倒置。詩人就相信詩的宿命吧，詩活不活得下去是詩自己的事，詩人唯有把詩寫好，將來能否被發現、能否被流傳，都不是詩人所能預料或是強求的。

楊　玲（1955－）

　　祖籍中國廣東潮汕。任職「泰國留學中國大學校友總會」辦公室副主任，泰國華文《新中原報》大眾文藝版編輯。

　　愛好文學創作，寫詩、散文、小說，和翻譯泰文作品。發表於泰國世界日報、新中原報、亞洲日報、《泰華文學》，和海外等地的報刊。現任世界微型小說學會理事、泰華作家協會副會長、《泰華文學》編委、泰國留中總會文藝寫作學會副秘書長、小詩磨坊成員。

　　2012 年出版泰文小說翻譯集《畫家》，2013 年四川文藝出版社出版微型小說集《曼谷奇遇》。2005 年和父親老羊合著出版散文集《淡如水》，2007-2016 年和泰華小詩磨坊詩人合作出版《小詩磨坊》。2008 年、2009 年再和父親合著微型小說集《迎春花》，詩集《紅.黃.藍》。2014 年獲首屆世界華文微型小說雙年度優秀獎。2016 年獲第二屆世界華文微型小說雙年度優秀獎。

我的詩觀

　　繆斯是我心中的神，我虔誠地以敬神的姿態走近繆斯，伏拜在她的腳下，希望她賜給我的靈感，讓我寫出心中的詩。

　　我記不起是什麼時候愛上了繆斯，大概是從認字時就愛上了她了，從暗戀開始到公開宣愛，從此義無反顧地熱戀著她。喜歡她的寧靜、喜歡她的活潑、喜歡她的靈動、喜歡她的深沉。夜深人靜的繆斯，讓我不由自主為她深情所打動。

　　從學寫詩以來，至今已經有十八個年頭了，說長不長，說短不短。學詩十八年，寫詩十八年，彈指一瞬間。寫詩，尤其是寫小詩磨坊的六行小詩，很是便捷，字數少，行數短，修改快，正契合我這個忙碌、浮躁的心理。

　　我每時每刻都在期待靈感，有詩為證：

靈感

雲悄悄飄過
風輕輕吹過

常來不及擁抱你
只能等待再光臨

我苦苦地想念她

　　我的詩只屬於我個人的形象，它見證了我在詩壇的成長，一年一次泰華小詩磨坊詩集的出版（從 2007 年到 2016 年，一共出版 10 本詩集），一年一次小小的梳理，從中能覓得我一絲生活或者情感的軌跡。

　　我的詩記錄了自己生活的點點滴滴，她是詩，她是我的詩，我的個人的表達，她楔入我生活的任何角落。我的詩如我的人，淡如水：

詩香

有人喝酒寫詩
滿篇酒香

有人品茗寫詩
滿篇茶香

我喝著礦泉水
滿室詩香

　　十八年來，繆斯在我的心中，當我快樂，當我憂愁，當我寂寞，當我傷悲，我時常向繆斯禱告，詩記下了我的心裏話。為了詩，我努力：

寫詩

每天
我把字削尖
把句子搓圓

我用字刺青
用句子紋身
每天每天

　　詩，在我走過的人生道路上，留下了一串串腳印；詩，陪我走過豔陽天和風雨夜，穿越十八年。我為自己而寫，也為讀者而寫，準確的說，是為自己而寫的，是為了人生太多遺憾，做出一點補償。詩陪我到過許多地方：

飛向荷蘭
——歐洲遊組詩之一

乘坐銀鷹
飛行一萬公里
橫跨歐亞兩洲

海堤、風車、鬱金香
即刻充實了我的感覺

〈詩外〉2012 年 4 月 28 日乘坐了十幾個小時的飛機，到達荷蘭阿姆斯特丹史機浦國際機場，參加中西文化文學國際交流研討會。

拜祭中山陵

巍巍鍾山
青松翠柏
匯成浩瀚林海

偉人在此長眠
博愛永照人間

〈詩外〉2014 年 12 月 8 日參觀了中山陵，拜祭偉人，完成多年的心願。

詩，將繼續陪著我，度過餘生。詩是我的春天，我的陽光，我的希望，讓我用一下這首詩，作為本文的結束語：

是你

你是春天
被花草仰慕著

你是星光
黑夜向你走來

是你牽引著我的思緒
穿過夜色朝著黎明馳騁

2016 年 8 月 15 日

白　靈（1951 －）

　　本名莊祖煌，福建惠安人，1951 年生於臺北艋舺，現為臺北科技大學及東吳大學兼任副教授。臺灣年度詩選編委，曾任臺灣詩學季刊主編五年，作品曾獲中山文藝獎、國家文藝獎、2011 新詩金典獎等十餘項。創辦「詩的聲光」，推廣詩的另類展演型式。著有詩集《昨日之肉》、《五行詩及其手稿》、《愛與死的間際》、《女人與玻璃的幾種關係》等十一種，童詩集兩種，散文集《給夢一把梯子》等三種，詩論集《一首詩的玩法》等六種。建置個人網頁「白靈文學船」、「乒乓詩」、「無臉男女之布演臺灣」等十二種（http://www.ntut.edu.tw/~thchuang/）。

互動的詩觀

一　詩是宇宙現象

2000 年爾雅出版的《白靈‧世紀詩選》中收錄了「我的詩觀」，有二條：

> 詩之於人生，猶如廣場之於都市，湖泊之於群山，空白之於國畫，足
> 以舒坦擁擠、繁華單調、推拿精神、建築共鳴。
>
> 筆下二三稿紙，胸中十萬燈火。

前者乍看，好像強調的是「廣場」、「湖泊」、「空白」，要「推開」「擁擠」和
「單調」；後者則是強調「燈火」，且要「拉入」十萬盞於「胸中」。一推一
拉，前後似乎有些矛盾，事隔多年再細想，廣場若非鋪進都市中、湖泊若非
出現在群山中、空白若非溶於國畫、燈火十萬若非納於胸中，彼此是相對關
係，必須產生互動，否則無以「推拿精神」、也無法「建築共鳴」。因此，上
述詩觀或可歸結為更簡潔的名稱：互動的詩觀。

　　原來人生並無絕對可言，一切都是相對的關係。擴及萬物及宇宙現象莫
不如是，即使今日科技發達，但我們所知只是相對於古人多了一些知識，對
天地宇宙之感應、認知、與體悟，並不比他們出色，甚至直覺更魯鈍、智慧
更塞滯。

　　即使交通工具、聯繫方式今日看似更發達，卻皆如置身無數倉廩中之一
的其中一袋米中的一粒米上，繞著地球或快或慢移動而已，始終動彈不得，
哪裏也去不了。因此科技發達的結果，也只是更明白人在宇宙中的渺微和極
限而已。

　　而這一點，十七世紀法國科學家與哲學家巴斯卡（Blaise　Pascal，1623-
1662），早在三百多年前的《沉思錄》中，即以其洞見揭示了今日科學所發

現的事實：

> 沒有任何理念可以摶及大自然。儘管我們的概念越過一切可想像的空
> 間，但是與事物的真實相比，我們的概念所摶及的，仍舊只是幾個原
> 子而已。這個無限的領域，任何地方都是它的中心，而沒有地方是它
> 的邊界，……在無限之中的一個人算得什麼？（《沉思錄》第二章第
> 72 條）

巴斯卡說「任何地方都是它的中心」，也等於說：沒有什麼地方是它的中
心！這「宇宙無中心論」幾乎是最前衛的後現代主義宣言。然而他的「中心
相對論」至少可視作具積極意義的生命態度，雖然今日科學的理念會自信可
以摶及大自然至少 130 億光年，但相比於真實，那只是站在一粒小米上想要
代表無數倉廩發言，著實有點蒼涼感。

上述巴斯卡的「中心相對論」正可說明前「廣場之於都市」是一相對的
中心，「湖泊之於群山」是，「空白之於國畫」是，「十萬燈火之於胸中」亦
然。各自只要自成一小系統，因廣場、湖泊、空白之存在乃能彼此相對互
動，使系統能呼吸、運作，因此宇宙「任何地方都是它的中心」一說當可成
立，詩遍在於宇宙，詩是一種宇宙現象，也成為必然。

上一段巴斯卡的論述是向外的宇宙觀，他另一段向內的宇宙觀更令人
驚訝：

> 但是還有另一個同樣的極端，讓我們看看所知道那些最細小的東西。
> 把一個跳蚤放在面前，牠小小的軀體帶著小小的肢節，肢節裏有血
> 管，血管的血有體液，體液裏有滴，滴裏有點。再把這最後的東西加
> 以區分，讓我們窮盡想像力，……或許以為那個小點就是大自然最小
> 的點，但是其實那是一個深淵，那是空無的深淵。

跳蚤是不易見之物，其體液再細分至「大自然最小的點」，將會是「空無的

深淵」！三百多年前的巴斯卡所說最小單位的「內在」竟也是無所不包的「空無」，與今日奈米科學所發現的現象相似，一個針頭可藏進大英百科全書，一張 DVD 可藏數十部電影，有朝一日一顆方糖般大小的記憶體內可放入地球全球 100 億年份的書籍（每年以 100 萬冊計，相當於 1 萬兆冊）。[1]當然，巴斯卡此洞見，與二千多年前莊子所說的「至大無外，至小無內」的認知並無不同，更與釋迦摩尼在《華嚴經》上所說的：「一一微塵中，各現無邊剎海（即水陸），剎海之中，復有微塵，彼諸微塵中，復有剎海，如是重重，不可窮盡」的宏大宇宙觀，也極為相似。如此，所有的「有」或「有限」的內在就不只是「空無」，而是「無限」，則「有限」與「無限」仍是相對互動的說法。沒有任何事物，可見到它絕對的底限。

我們永遠無法明白，這些先知如何在工具不足甚至毫無工具的情況下，心領神會，即得出上述的宇宙觀。但他們豈不早就預見了「絕對」的不存在，一切永遠是相對論，包括詩。因此若還有什麼是「絕對」的，那就是「相對是絕對的」，以是「只有地球上有高等智慧生物」、「只有地球人在寫詩」等說詞，都是荒謬的絕對論。必然，詩在宇宙中都是無處不在的，才是較接近事實的相對論，這是因為「互動」的必然結果。

二　互動於可說與不可說之間

詩是人與宇宙、自然、人、萬事萬物「互動」後的自然產物，欲藉「可說的」語言文字去說出如巴斯卡所指出之「不可說的」「無限與空無」，自是無法說得清楚、但又要有點那味道，那即是詩！「說得清楚」即非要說的，「完全說不清楚」也非要說的，介在「可說」與「不可說」之間不斷「互動」，無法被固定，才是那要說的詩！

1　彭連漪編譯：〈21世紀新顯學：奈米科技 一萬兆本書塞進一顆方糖裏〉，《e天下雜誌》2001年8月號。另見http://www.techvantage.com.tw/content/008/008152.asp，2007年5月18日。

　　「互動」是必然，能不能說出那在「可說」與「不可說」之間的東西，正是詩人本色。如此就較易明白巴斯卡那深具「穿透性」的預言：

> 我們將對自己顫慄，將看見自己被大自然所賦予的軀體，懸浮在無限與空無（筆者按：此「空無」是巴斯卡自「至小無內」觀察所得）兩個深淵之間。……實際上，人在大自然中是什麼？與無限相比是空無，與空無相比是萬有，我們是空無與萬有之間的一個中間項。我們對首尾兩極的了解同樣無限遙遠，事物的末端與始端對我們來說，是無望地深藏在不可穿透的秘密之中，既不能看到由自己而出的空無，也不能看到將自身吞噬的無限。……除了去感知它中間部分的表象之外，我們還能怎麼做？[2]

巴斯卡說人是懸在「至大」與「至小」的「兩個深淵」之間或「我們是空無與萬有之間的一個中間項」時，都只是相對性的說法，其意即至大與至少其實無異、空無與萬有亦無不同，我們所見唯有表象。他要說的是：人是站在老子所說「有」與「無」的中間，當然也就站在釋迦摩尼所說的「色」與「空」的中間，當然也就站在現代科學所說的「有限」與「無限」的中間，也就站在詩學所說的「虛」與「實」的中間、「情」與「景」、「意」與「象」的中間，對這兩端的同時掌握——或只能如巴斯卡所說「去感知它中間部分的表象」——即是詩，因為詩要想靠近那個中間，同時張望兩邊。但因為「既不能看到由自己而出的空無，也不能看到將自身吞噬的無限」，於是人只能不確定地、曖昧地在這其間滾動，好聽一點是，相對地互動。

　　因此當愛因斯坦說：

> 我們觀察的世界並不存在，
> 我們觀察到的不是世界。

2　同註6。

他說這樣的話應該還是相當理性的，卻是謙虛的、卑微的，一種極為透徹的宇宙性思維，而不僅止於全球性思維。其意與巴斯卡說兩頭皆深淵、所見唯表象並無不同。

1996 年諾貝爾文學獎得主、波蘭女詩人辛波絲卡則說：「我們何其幸運，無法確知自己生活在什麼樣的世界」，辛波絲卡將「無法確知」世界的模樣視為人之「幸運」項，如此詩人才有詩可書寫。她說的這個「世界」既可以是指地球，向外也可以是指太陽系，乃至無限的銀河和星系，向內也可以是自己的國家、族群、城市、鄉鎮、小村、家、親人、自己、乃至一切萬事萬物，它們皆無可探索完畢的止境，自成世界，又與所有一切形成為一整體，習習相關，彼此無止盡地互動。

三　詩是身體中的閃電

詩人即是要去「去感知」宇宙兩個深淵之「中間部分的表象」，在其間來回互動，這是人的肉身所不能的。因此有此「感知」是重要的，如此可得知身體的局限和詩的互動形式有其不同：詩是非常態的，互動於有無之間（感知有即無，無即有，相互包含，互為表裏，且根本是一體的，是一個整體的兩面呈現）、互動於色空之間（色即空，空即色）、互動於質與能之間（質即能，能即質）、互動於有限與無限之間（有限其實即無限）、互動於虛實之間（虛即實，實即虛）、互動於意與象之間、互動於圖與文之間。若回到人本身，會發現宇宙相對互動的現象也俱足於人的大腦中，即左腦（理性／邏輯／文／意識／受控／受教／可說）與右腦（感性／直覺／圖／潛意識／不受控／不受教／不可說）功能的不同與互動形式，它使人有機會暫離人之身體的局限性。由於要互動，乃只能是若即若離、既此又彼、可此可彼、在此在彼，要不即相互隱匿彼此，非此非彼、可不此可不彼、不在此也不在彼，而這皆非身體肉身所能應付。二者的特性整理如下表所示：

詩與身體的特性比較

詩的特性（非常態／易互動）	身體的特性（常態／不易互動）
詩即若即　若離	身若即　另得離
既此　又彼	既此　得非彼
非此　非彼	非此　難非彼
可此　可彼	可此　不可彼
可不此　可不彼	可不此　難不彼
在此　在彼	在此　難在彼
不在此　不在彼	不在此　難不在彼

　　身體是常態，詩是非常態，其互動是瞬間的感知，是垂直時間（巴什拉）、是「綻放」（海德格），因此赫曼・赫塞說：「真實是拘禁在每一塊石頭內戰慄的閃電，如果不喚醒它，則石頭仍是石頭」。石頭是常態，戰慄的閃電只能是照亮、一時的、非常態的。身體和現實是石頭，詩和天地互動是閃電。他所謂的「石頭」是：外在現實（比如身體、土地、環境、社會政經）的變化固然會影響一個人、「拘禁」一個人，宛如將你驅趕至「壞、空」情緒的坑谷，或處於「成、住」高原的一方。但作為一個詩人，卻必須「喚醒」、「照亮」這種「拘禁」，真誠面對它引發的矛盾、痛苦、折磨，將其內在「戰慄的閃電」釋放，看到現實最內在的意涵和真相，知其可而不為，或知其不可而為之；既不可為現實所「拘」地「宅」在其內，也不宜完全無視其存在地「宅」在其外，如何入乎其內又出乎其外，不有所偏執一方，似乎成了不少能人志士一生追求由質而能、由有而無、由色而空、由有限而無限、由壞空而成住，乃至於由成住而壞空，進入由石頭而能閃電由閃電而能石頭、無往而不自得的「互動」的境地。因為石頭與閃電究竟何者是成住（重建），何者是壞空（摧毀），或二者既是又既不是，最後竟都不能過度執著了。

　　詩不正是如此嗎？詩人不正是永遠站在實與虛、外與內、看得見（現

實）與看不見（底蘊），乃至於自然與人為、科技與人文之間，永遠向兩頭張望的人？說詩人是時代的良知良能者、知病覺痛者，一點也不為過，即使不能改變什麼，也要狠狠詛咒詆譙預言一番，即使變壞、燒灼了自己也在所不惜。

這也是世世代代的詩，能傳承延綿不盡的原因。

卡　夫（1960－）

卡夫，前半生是一部小說，後半生似一首詩。

原名杜文賢，祖籍中國廣東，1960年生於新加坡。1985 年畢業於新加坡國立大學，獲文學士。1986 年獲新加坡國立大學中文系榮譽學士。畢業後擔任教職至今。曾任新加坡教育部課程發展署中學教材編寫員。

1978 年開始文學創作，寫小說、散文、詩及評論等。著有散文集《生命的神話》（新加坡潮州八邑會館出版，1986 年）、中篇小説《我這濫男人》

（新加坡玲子傳媒出版，2003 年）、詩集《我不再活著》（新加坡書寫文學協會出版，2013 年）。部分作品收入《同溫層散文選》、《吾土吾民創作選》（詩歌）、《新加坡共和國華文文學選集》（散文）、《新華文學大系小說集》、《新華文學大系詩歌集》、《新華文學大系散文集》等。1979 年至 1984 年參加阿裕尼文藝創作與翻譯學會，任《同溫層》編輯。2013 至 2015 年參加新加坡書寫文學協會，擔任理事，創辦跨校學生刊物《新種子》。曾任新浪網中國詩歌圈執行版主，緬甸新文學網詩歌版主，新加坡書寫文學網管理員。2013 年加入臺灣野薑花詩社。2015 年加入臺灣乾坤诗社。2015 年成為新加坡文藝協會受邀理事。2016 年受委為臺灣野薑花雅集副版主和臺灣吹鼓吹詩論壇中短分行詩版主。

生命不過是一首詩的長度

——我的詩觀

一　詩是詩人的出口

　　詩是詩人的傷口，一寫出來，血就流了。傷口不用說話，詩人流的血千真萬確。[1]

　　詩人的一生其實就是詩的一生。古羅馬詩人尤維納利斯（Juvenile）最早說過，「憤怒出詩人」。[2]唐代文學家韓愈（768-824）在《送孟東野序》開宗明義說：「大凡物不得其平則鳴。」[3]中西兩位詩人不約而同地認為，詩的產生源於詩人對人間世態種種不公不正不仁不法現象的憤慨。[4]我認為詩人的「憤怒」是一種表面的情緒，追本朔源是詩人悲天憫人的情懷，他有感於人生而不平等，活著不自由，以致人生實是一場無法抗拒的悲劇。許多詩人遭遇的不幸或者感受到周遭人的悲苦命運，激發了他詩寫的衝動。從這個意義上看，人生是悲傷的，詩是詩人唯一的出口，他在現實生活中種種不如意都藉著詩發洩了，情緒也由此獲得釋放，詩也填補了他在現實生活和精神世界的差距。

　　我由此引伸得出一個結論，詩即是「淚」的化身，不同詩人對它做了不同解讀而有了不同的面貌。臺灣吹鼓吹詩論壇副站長葉子鳥與我私訊討論

1　卡夫著《我不再活著》，新加坡：書寫文學協會出版，2013年10月，頁115。

2　杜國清著《詩論・詩評・詩論詩》，臺北：國立臺灣大學出版中心，2010年12月，頁38。

3　吳楚才、吳調侯（清）編《古文觀止》，湖南：嶽麓書社出版，2001年，卷之八唐文。

4　見注（2）。

時，認為這說法有點「簡化」了詩。[5] 她說詩的定義，很難一言以蔽之。它是一種文字語言的藝術，當然也必根植於詩人本身的生命經驗。有時是淚，有時是痛，有時是愛，有時是笑……即便我這樣陳述，但還是無所概括，因為藝術本身會變形、轉化……呈現出它自己的樣貌，你可以說那是你所創造的，但你會發現是創造的過程創造了你所呈現的。[6] 她對詩這個看法，我在錢鍾書先生（1910-1998）《詩可以怨》一文找到理論根據。他說「韓愈的『不平』和『牢騷不平』並不相等，它不但指憤鬱，也包括歡樂在內。」[7] 也就是說，詩緒是因為外在的景、物、事或人觸動詩人的心靈，使它「不平靜」，有所波動而產生，所以寫出來的詩可以是悲傷的也可以是快樂的。

他們從詩歌呈現的面貌和創作技能的角度來談這個問題，這與人生本質是一場悲劇並無衝突。[8] 詩作為我們窺探詩人對這個世界觀感的窗口，如果接受了悲觀意識，它自然就是淚的化身，詩人寫詩就有如把隱藏在內心深處的傷口揭開，讓人接觸到生命的真正意義。認清悲劇存在必然性的目的不是要對人生感到絕望，而是要珍惜與把握當下能有的一切。詩人對許多「不平」無能為力，卻無處可逃，唯有通過詩寫，方能使生命不會只是一場毫無意義的生老病死過程，也才能超越生死而存在。

詩，雖然是這個世界留在詩人身上的傷口，一寫出來，血就流了。其實，它也正是詩人的出口，就像德國哲學家尼采（1844-1900）在《偶像的黃昏》一書中說的那句名言：那不能殺死我的，使我更堅強。[9] 詩人把傷口進化成「出口」，傷口就不再是傷口，不但撫平自己的憂傷，也獲得重生的希望。如果詩人不能跳脫出傷口，讓它繼續流血的話，最終不是鬱鬱寡歡，就是選擇以最激烈的方式完成自己在人世間這首詩。

5　與我在臉書的私訊（2016年7月9日）。

6　見上注。

7　錢鍾書著《七綴集》，上海：生活・讀書・新知三聯書店，2002年6月。

8　這是阿爾圖爾・叔本華（Arthur Schopenhauer, 1788-1860）的說法，也是我認同的。叔本華（德）著，段遠鴻譯《作為意志和表象的世界》，北京：中國華僑出版社出版，2012年7月。

9　見尼采著《悲劇的誕生・偶像的黃昏》，北京：中央編譯出版社，2012年1月。

　　我取名卡夫，正是感覺人不能自在地活著，上下不得，左右難以轉身，總是掙扎在生死隙縫之間。《我不再活著》是我第一本詩集的名字，我說「不再活著」不是指生命意義的結束，而是很多時候我並沒有「活著」，靈魂早已宣告死亡，幸好我還能用「詩」書寫悲傷。葉子鳥後來總結時對我這樣說，我非常認同你對人生「悲傷」的感受，那也是我底層深處的某個層面，或者不僅僅是「悲傷」，悲傷只是一個符號的替代，因為有很多生命狀態是無言的。文學就是在面對人的問題，致於甚麼是救贖？我想每個人都有自己的感受，文學是一種面對自己的儀式，透過這樣的儀式，去碰觸渾沌狀態的初始回應。[10]

　　我正是在這樣的「詩想」狀態下寫詩，2013 年李旺陽「被」自殺的事件給予我極大的衝擊，這個人後來的大半生究竟是怎樣「活」過來的，我無法想像。對於這樣的不公我無比憤怒，十分悲傷，充滿無力感，只能用詩讓淚水流出來。

〈合不上的黑 ── 李旺陽（11/1950-6/6/2012）〉

黑或不黑，後來
你都看不見

就算看不見
你的眼睛也沒人能合上

合不上的眼睛
合不上的黑

鮮血穿過你的黑
穿進我的眼睛

你才重被提起

---

10 見注（5）（2016年7月10日）。

{附}想像著你是如何度過人生中最後的二十一年坐牢、兩年被軟禁在醫院的生活，你是眉頭也不皺一下說，就是砍頭，我也不回頭，我的人生竟激起了不少的皺褶。身高 1.8 米、健壯如牛的你，出獄時骨瘦如柴，患有嚴重心臟病，甲狀腺亢進，頸椎及腰椎也有病，雙腿癱瘓，不能站立，要家人抬回去。長期受刑的你，雙目失明，兩耳近乎失聰，部份牙齒脫落，與記者對話要靠在手掌心寫字才明白。你是條漢子，「被」弔死時，雙眼合不上，誓著要見證永遠留在地獄門後的黑。[11]

2013 年我寫了〈距離〉，這次的悲傷不是源於不義的社會事件，而是個人感情生活的波折讓淚水濕透我的詩。

〈距離〉
伸長了手
也捉不住與我擦身而過的聲音
那竟是無可救藥的距離
想以眼淚磨墨
鋪天蓋地來的悲傷
早已等不及我寫完這首詩[12]

其實我這詩觀的形成始於三十幾年前。那時候我就相信詩人不是革命者，詩不是改變制度的武器，直覺式的憤怒吶喊是對詩藝術的一種侮辱。詩人藉著淚水表達的深層悲哀不是絕望的聲音，是對不公不正社會事件最大的控訴，它能迫使人們「詩」考哀傷背後隱藏的意義。

〈撐燈的哀傷〉
（左手的刀

---

11 見注（1），頁92。
12 見注（1），頁74。

刺右手的掌

喝自己的血……）

為了尋找一條在冬天不會冷凍的河

我離開母親

提一把刀

兩壺酒和一盞燈

走進冰封森林裏

狂舞的白雪

埋葬了來時的腳步

就像凍結體內血管般

冷藏我的歷史

我走在一個沒有記憶的世界裏

看見許多凍僵屍體

或東或西躺著

如此寒冷天氣裏

除了一盞燈

一把刀

什麼都沒有

斷奶後

喝酒不是唯一辦法

為了守住這盞燈

左手的刀

刺右手的掌

喝自己的血……[13]

---

13 見注（1），頁40。

　　蕭蕭（1947-）在〈即心即理・即詩即人——我讀卡夫詩集《我不再活著》〉一文中認為這首寫於24歲（1984年）的詩可以視為我心中人世的縮影，特別是「左手的刀／刺右手的掌／喝自己的血……」反覆出現的這三行，形象化世間人至極的悲慘，令人讀來隱隱作痛。這首詩所追求的終極目標是「尋找一條在冬天不會冷凍的河」，那是生命常春的期許，象徵永恆的幸福，而冰封的森林、狂舞的白雪、凍僵的屍體，則是命運殘酷的肆虐。刀，用來披荊斬棘，酒，用來溫熱身體或麻痺心靈，燈呢？「左手的刀／刺右手的掌／喝自己的血……」這至極的痛，是為了守住這盞燈，因而有撐燈的哀傷……[14]

　　何逸敏在〈時代的黍離之傷——論新加坡詩人卡夫 29 歲前的詩歌〉一文裏，更是進一步從我身處的時代背景來分析撐燈背後隱藏的「哀傷」是何等的寒慄。她認為隨著 1980 年南洋大學的合併，身為新馬最後一批華校生，我以注視現實社會，憂患語言政策，從時代潮流的深層切膚之痛出發。詩第二節裏的「母親」是每個民族文化的精神脊梁，「河」流是 5 千年源遠流長的中華歷史，冬天的嚴寒唯有陽光普照方能解凍，陽光卻要詩人提著護身刀，壯膽酒，照明燈，「走進冰封森林裏」去找尋。詩第六節，「斷奶後／喝酒不是唯一的辦法」，「為了守住這盞燈」，華人華文，秉承「傳燈」的重任，經過調節的感性主體對外部的刺激造成一種肌體的反應，詩人的身體在靈魂的衝擊下，敏感地伸出雙手，妄想撫摸這個外界，可是，即興的意緒傷心，觸景生情，酒催人更悲，演變為「左手的刀／刺右手的掌／喝自己的血……」如古箏斷弦，知音嘎然而止。[15]

---

14 蕭蕭（臺）〈即心即理・即詩即人——我讀卡夫詩集《我不再活著》〉，見卡夫著《我不再活著》，新加坡：書寫文學協會出版，2013年10月，頁13。

15 何逸敏（新）〈時代的黍離之傷——論新加坡詩人卡夫29歲前的詩歌〉刊《野薑花詩集季刊》第九期，高雄：愛華出版社出版，2014年6月，頁192。

二 詩能聽見心跳聲

我坐在時間的窗口，伸手要捉住走過的聲音，張開一看，是詩的眼淚。我相信，生命不過是一首詩的長度。……詩有心跳聲，清心聆聽，那是一種美麗的呼吸。[16]

詩是時間走過的聲音，捉住後會成為詩人流的淚，在詩裏也能聽見心跳聲。蕭蕭在〈即心即理・即詩即人——我讀卡夫詩集《我不再活著》〉一文中說我把「詩」擬人化，「詩」會走、走過會有聲音，同時還有眼淚，當然也有心跳聲、顯然會呼吸。說的是詩，論的未嘗不是人！我的詩所思考的是人的本質、存在的本質、詩的本質。「生命不過是一首詩的長度」，指的就是生命本身就是一首詩，一個人的人生價值就繫於他寫出什麼樣的詩，反言之亦然，一個人所寫的詩的價值就看他呈現出什麼樣的人生輝煌。[17]

《我不再活著》共收入我大半生的六十四首詩。蕭蕭統計後說，其中大約有二十首詩帶著「詩」字。[18]另外大約也有二十首詩帶著「淚」字，這是後來我的統計。我寫詩不多，寫的也很慢。詩中有「詩」帶「淚」不是偶然，是我在寫詩時，「詩想」不知不覺就在詩裏流露了出來。曼殊認為，詩作和我的生命已結為一體，我以生命寫詩，詩就是我的生命。這與蕭蕭的說法不謀而合，我寫的詩就是生命價值的體現。[19]

「悲傷出詩人」，可以從許多詩人的遭遇找到答案，有些更是以自殺完成自己最後的一首詩。真正的詩人只能活在詩裏，他無法和這個世界溝通與講和，也不想苟活，所以卡夫卡（捷）（1883-1924）才會說，我帶著一個美

---

16 見注（13），頁11。

17 見上注。

18 見上注。

19 曼殊（臺）〈讀卡夫詩集《我不再活著》〉刊臺灣自在詩社電子季刊第一期，2015年7月30日。

麗的傷口來到這世界。[20]詩人都活得痛苦，或者說早就「不再活著」。蕭蕭
對我這整個詩想作了很精簡準確的闡釋，他認為我是以「詩的悲哀征服生命
的悲哀」。[21]詩成為我與這世界交手唯一的武器，也只有在詩裏才可以無所
不能，讓自己的靈魂獲得慰籍。由於正視的是自己在真實生活中的傷口，寫
出來的詩自然就是淚水。

〈我〉
躺下就是孤島[22]

　　這是《我不再活著》的「跋」詩。在意識型態上，每個詩人都是一座島
嶼。你不懂他的荒涼，你不懂他的孤獨，所以你看不懂他的詩，你也從沒能
登上他這座島嶼。這是詩人與世界的距離，所以他是孤獨的。蕭蕭最後如此
總結說，詩中的新加坡就成為我心中的「孤島」。[23]三十幾年前寫「撐燈的
哀傷」時，我就知道這地方最終會在文化與語文上成為一座孤島，即使用
「左手的刀／刺右手的掌／喝自己的血……」也不可能找到「一條在冬天不
會冷凍的河」。我無法力挽狂瀾，也不願隨波逐流，最後只能在〈詩葬〉（寫
於 2008 年 6 月 15 日）裏，悲觀地認為「孤島是詩的墳墓／死亡允許詩人今
生不再漂泊」，也因此才有了〈我不再活著－悼念吾友卡夫〉這首詩。在這
種鮮血才能測量的距離，我的詩趕得及這場葬禮嗎[24]另一位詩人寧靜海在
〈掛一盞風燈，讀你──讀卡夫詩集《我不再活著》〉一文裏更是直接了當
地說，我字裏行間有意無意流露出灰色的詩想與私思，悲情如孤島上孤獨寫
詩的人，憂鬱而哀傷。於閱讀中途她必須幾度從那些詩抽離，只因讀此詩集

20　見卡夫卡（捷）著《卡夫卡中短篇全集 III：在流刑地、鄉村醫生》臺北：繆思出版有
　　限公司，2014年8月。
21　見注（13），頁19。
22　見注（1），頁152。
23　見注（13），頁20。
24　見注（13），頁20。

竟讓她有參加一場詩人「告別式」的沉重感。[25]其實，早在 2012 年，有一位中國詩人木子金魚就根據我發表在新浪博客裏的詩歌，從另一個角度分析了我的詩想，他說我鍾情於死亡，所有生的念想不過為死亡做注腳。詩是詩人死亡的天堂，是詩人追尋的最後歸屬，詩中隱藏著一切靈魂的淨土。[26]

1967 年羅蘭・巴特（法）（1915-1980）發表了他最著名的論文《作者之死》。他認為任何作者的聲音一經寫成「文」後，則銷聲匿跡；而文章也不是封閉完整的單一個體，其開放和多元性，為讀者提供了無盡的詮釋空間，文本的意義是由讀者個人的詮釋所賦予，而非來自作者。在此，讀者的誕生必需以作者的死亡為代價，每一個閱讀也同時即是一種寫作——每一種閱讀皆帶著特定的批判、詮釋、歷史脈絡或政治興趣而重新寫作了文本。[27]向明（1928 - ）由此引伸對「詩」也作了十分精闢的解讀，詩是一種非常主觀的產物，什麼是某某詩完全由各人的看法來決定。即使一個詩人明明是朝某一方向著筆，但在旁人眼裏往往完全是另外一回事。搞新批評的人說「要從作品本身的意義去了解作品」，怕是一句非常持平之論。因為作品一完成之後，作者的任務便於為完成，解釋權已完全落在讀的人的手上。[28]

從這個角度去理解「詩」的話，詩人不應對已完成的作品作任何的解讀，任何文字強加的解釋都是多餘的。讀者也需要放棄對作者寫作意圖的追尋，對文本的解讀是不是接近作者的本意是毫無意義的，因為他們需要擺脫作者在文本中的影子，方能讀出隱藏在他們靈魂深處可能也未知的詩念。這也就是為什麼我要引用他人對我的詩的看法來論證詩觀。

---

25 寧靜海（臺）〈掛一盞風燈，讀你——讀卡夫詩集《我不再活著》〉刊寧靜海臉書，2015年6月9日。

26 木子金魚（中）〈生命，不過一首詩的長度——2012讀卡夫詩歌有感〉，見卡夫著《我不再活著》，新加坡：書寫文學協會出版，2013年10月，頁148。

27 高雲換 黃怡茵 黃薇蓉〈作者已死：巴特與後現代主義〉刊《網路社會學通訊期刊》第35期，嘉義：南華大學社會學研究所出版，2003年12月。

28 向明〈純詩難求〉刊向明臉書，2016年7月1日。

曾美玲（1960－）

北一女中，師大英語系畢業。曾在故鄉虎尾高中，擔任英文老師 28 年，現已退休，居住臺北市，專心創作。

臺灣詩學吹鼓吹詩論壇同仁與中短詩版主，乾坤詩社同仁。

作品曾獲師大新詩優選獎與童詩優選獎、全國優秀青年詩人獎、彭邦楨紀念詩獎創作獎、詩歌藝術學會創作獎。

著有詩集〈船歌〉、〈囚禁的陽光〉、〈曾美玲短詩選〉（中英對照）、〈午後淡水紅樓小坐〉、〈終於找到回家的心〉、〈相對論一百〉（中英對照）。

詩作〈憶臺糖小火車〉、〈虎尾小鎮〉，被選入臺灣糖業數位文學館，詩作〈讓我們一起去賞雪吧〉、〈虎尾小鎮〉、〈向日葵〉、〈不知隔了多久〉，入選雲林縣青少年臺灣文學讀本〈新詩卷〉，詩作〈虎尾小鎮——糖廠〉，2016 年民視飛閱文學地景拍攝成影片，詩作〈致蘋果〉，入選 2016 年臺北齊東詩舍詩人節女詩人詩展，詩作〈看海〉、〈日落〉入選 2016 年五四藝響曲——馬祖詩畫創作展。

半開的花，是一首耐讀的詩
——探訪臺灣女詩人的「花花世界」

　　古今中外，詩人們都喜愛以花為主題，創作出一首首芬芳美麗的詩歌。本文嘗試從創作的內容與技巧，簡要賞析幾位臺灣女詩人，古月、涂靜宜、龔華、沈花末、葉莎、栞川、洪淑苓、曾美玲與陳靜宜的詠花詩。以內容而言，大體分為三大類：（一）以花抒情（二）借花言志（三）歌詠百花。以技巧而言，大致分為四大類：（一）擬人法（二）意象的演出（三）對比的張力（四）象徵的意涵。但一首好詩，往往是融合多種技巧，更蘊含豐富的內容與深刻的哲思。

一　前言

　　英國浪漫時期著名詩人彭斯（Robert Burns）有一首名詩（My love），一開頭就以玫瑰比喻愛情：

　　　　My love is like a red, red rose;
　　　　That's newly sprung in June.
　　　　（我的愛情像一朵玫瑰
　　　　在六月全新綻放）

印度詩哲泰戈爾的詩句：「Let life be beautiful like summer flowers and death like autumn leaves.」（願生時美如夏花，死時燦如秋葉。）傳誦至今。中國古代詩人，如王維的（辛夷塢）：「木末芙蓉花，山中發紅萼，澗戶寂無人，

紛紛開且落」。李清照的（如夢令）中的：「試問捲簾人，卻道海棠依舊，知否，知否，應是綠肥紅瘦」，都是經典的詠花名詩。現代詩裏，詩人們以花為題材的詩作，也是非常繽紛熱鬧。本文主要探訪幾位臺灣女詩人，以花入詩，或抒情或感傷，或言志或體物，歌詠百花多采多姿的「花花世界」。

（一）內容：

（1）借花抒情

　　詩人都有一顆敏感善感，愛花惜花的心，尤其是女詩人，看到花開花落，很自然會聯想到自己，或是人生的際遇，或是一段美麗哀愁的往事，如古月的詩〈櫻夢〉裏的第三節：

> 你以飲茶的心
> 靜看花開　花落
> 如欣賞一幕牽扯著
> 愛與癡怨的戲

　　人的一生如同花的一生，人生如戲，短暫的花開花落，也正像載滿悲歡離合，愛恨嗔癡的匆匆人生啊！再以龔華的四行詩〈乾燥花〉為例：

> 風說：我將拭乾妳一生的淚水
> 玫瑰說：我願在妳的懷裏逐漸老去
> 一樁永恆的戀情
> 自此便懸掛在我的窗櫺上

　　短短四行，精準掌握乾燥花的意象，讓玫瑰與風深情對話，真心告白，將（一樁永恆的戀情），不只懸掛在窗櫺上，也溫柔懸掛在詩人與讀者的

心。筆者有一首六行小詩〈牽牛花〉，藉著夢裏出現的牽牛花，抒發遊子思鄉之情。

> 流浪很久了，昨夜
> 夢提著一盞
> 紫色小燈籠
> 在通往故鄉與童年的道路上
> 溫柔呼喚著
>
> 我的小名

離開故鄉多年的詩人，偶然在旅途中，一個安靜的轉角，一面爬滿藤蔓的圍牆上，重逢昔日的牽牛花，牽動她埋藏心中的鄉愁，牽牛花的呼喚，其實就是故鄉與童年的聲聲呼喚啊！

（2）以花言志

詩人賞花，不只以花抒情，寄託情思；有時也會將隱藏胸中的志向與夢想，藉由所吟誦的花卉，或巧妙暗示或熱烈告白。以琹川的詩「最後的鬱金香」前二節為例：〈終於擺脫優雅的頌詞／解放的杯子開始飛翔／穿過生活的屋牆／攬一身風姿雲影有遙遠的歌聲／喚醒杯底沉睡的魂／以自由的旋律／舒展　迴旋　飛躍／仿若醉飲時間的醇酒／微醺中忘情地舞出自己」。詩人眼中，被囚禁在瓶子裏優雅的鬱金香，正是自己靈魂的寫照，渴望擺脫傳統的束縛，解放自我，突破困境，〈開始飛翔〉，進而〈忘情地舞出自己〉。

筆者有一首詩〈香水百合〉，也是藉由藏身花瓶裏的百合花，將暗藏內心深處的願望，熱情告白，正如開頭的四行：「藏身花瓶／含羞沉默的百合／一夕之間／怒放芬芳願望」。筆者另有一首四行相對詩〈沉默與言語〉，藉由觀察花朵的含苞、盛開與半開，暗喻詩人的詩觀，表達詩人對創作的看法，是一首以詩言志的小詩。

> 沉默是含苞的花
> 言語是盛開的花
> 至於半開的花
> 是一首耐讀的詩

　　著名詩人與詩評家蕭蕭教授，曾評賞此詩，見解精闢深刻。蕭蕭教授寫
道：「西方詩人認為：詩在門半開半闔之間。曾美玲這首詩呼應了這種說
法。詩，不要開門見山，不要單刀直入；詩不要費人猜疑，不要艱澀無解；
『半開的花是一首耐讀的詩』，正如古人所說的含蓄之美。曾美玲的詩觀，
從夢幻的風月，進入了沉思的世界。」

（3）歌詠百花

　　詩人特別容易被美的事物吸引或感動，如英國詩人濟慈的名句：A thing
of beauty is a joy forever.（美的事物永遠是一種喜悅），遇見美麗的花朵，忍
不住以讚美之心，惜花之情，捕捉花的姿態神韻，寫下動人的詩句。先以塗
靜怡的詩〈幽蘭〉為例：

> 讓我卸下世俗的重擔
> 投入綠水青山中
> 讓我深深呼吸林間的空氣
> 而後　夢想自己
> 是山谷裏的
> 那株幽蘭

　　詩人以輕柔的語調，舒緩的節奏，將自己與讀者帶到與世隔絕的山谷
裏，不只遠離世俗喧囂，還變身〈幽蘭〉，幽蘭暗喻詩人嚮往與世無爭，淡
泊的人生。
　　〈康乃馨為憑——給剛兒〉是洪淑苓寫給愛兒的詩，康乃馨是母愛的象

徵。整首詩,節奏輕快,文字優美,更動人的是,詩中洋溢著濃濃的母愛和暖暖的叮嚀。以第一節為例:

> 夜深人靜
> 天邊有輕雷
> 你的小馬車啟動了
> 車聲轆轆　此去千里
> 我們相約
> 在我髮白,獨自憑欄的驛站
> 你將攜兒帶女以及一朵
> 血紅的康乃馨為憑

詩人請康乃馨當見證,以此詩作為與愛子初見的見面禮,真情流露,令人十分動容。

葉莎的詠荷詩〈光〉,文字簡潔,意象晶瑩,又巧妙融入真切的情感。

> 一道光
> 越過我而抵達妳
> 借風搖動一季的詩語言
>
> 我將心情托出水　面
> 暗自懷抱晶瑩的一滴淚
> 等待滾落或是蒸騰
>
> 光走過,光明白
> 遙遠相知比擁抱更真切

荷花生長在池塘裏,有著〈出污泥而不染〉的品性。詩人遠觀清麗脫俗

的花容，以「一道光／越過我而抵達妳」開頭，讓讀者清楚看到一朵沐浴在光中，與世無爭的花。最後一句「遙遙相知比擁抱更真切」，其實正是詩人本身恬淡的心境，與豁達人生態度的寫照。

（二）技巧：

（1）擬人法：

在詩人的眼中，萬物皆有情。不只是動物，大自然裏所有的花草樹木，跟人相同，都是有生命，有感情，有喜怒哀樂的。在女詩人筆下，世界上千千萬萬種的花卉，更是上帝的傑作，充滿人性與靈性。〈擬人法〉是常使用的技巧。洪淑苓的詩〈流蘇〉，開頭：「人說你是春的新娘」，將流蘇比喻成〈春的新娘〉那般嬌羞。最後八行「聽！霧裏是誰在伴奏／滴滴答答 滴滴答／你才肯戴上頭紗／白色的十字花瓣／簷前／細雨／燈花，細細的／淚那樣的落啊」，細膩勾描即將出嫁的新娘，那顆〈待嫁女兒心〉，告別父母的不捨，加上〈既期待又怕受傷害〉的忐忑，流蘇細細小小的白色花瓣，輕輕飄落時，像極了新娘子不捨又不安的淚滴啊。

古月的〈狼毒花〉是詩人詩作〈隴西紀行〉的第三首。將生長在隴西一帶，野草叢中，生命力強韌卻有劇毒的小花，比喻成一位外表美麗，內心卻非常寂寞的女子。以第二節為例：「她流浪和憂鬱的一生／都在寂寞地開放／「花兒」的曲調卻從不被唱起／當一匹駿馬／由湖面夐飛而來／雖懷以雪山的寒意／獻上神秘的馨香／輕輕踏過原野小花無數的／白馬卻拂尾而去／只因為確保狼毒的純真／注定了她孤寂的苦情」。精準掌握〈狼毒花〉的花名與特性，外貌出眾，身體卻含劇毒；詩中的駿馬，讓人聯想到童話故事中的白馬王子，可憐的〈狼毒花〉，只因先天的〈缺憾〉，終究得不到憧憬的愛情與幸福，也只能過著孤苦寂寞的一生。這首詩取材特殊，和前面提到的優雅溫柔的花卉，形成有趣的對比。

筆者有一首詩〈向日葵〉，一開頭也是採用擬人法的技巧：「日夜揮舞，

逐夢的手臂／高高仰起，新生的臉龐／一群阿波羅鍾愛的子民／始終挺直純淨腰桿／擷取智慧的光源」，將又名〈太陽花〉的向日葵人格化，神格化。在詩人眼中，一排排站立在田野裏，始終面向太陽的向日葵，就像希臘羅馬神話裏，太陽神阿波羅鍾愛的子民們，以既熱情又謙卑，永恆的仰望之姿，向太陽神獻上最敬禮！最後一節的前四行：「而你們始終活著／一群微笑的小太陽／穿越百年孤寂／穿越冷漠人心」，其中，「微笑的小太陽」，與第一節「阿波羅鍾愛的子民」前後呼應，將象徵智慧與希望的太陽花具象化，以溫暖微笑融化冷漠人心，且在詩中得永生。

（2）意象的演出：

西方意象派大師龐德，有一首經典的意象詩，以詩句「潮濕枝枒上的花瓣」，生動描繪他在擁擠陰暗的地鐵站裏，遇見的一位美麗的女子。生性敏感的女詩人們，也善於運用敏銳的觀察力與豐富的想像力，以貼切鮮明的意象，呈現花朵的千姿百態。以龔華的四行小詩〈晨荷〉為例：

> 傾聽冷豔的芭蕾舞曲
> 足間旋轉起夜的餘韻
> 微醺在黎明的酒窩裏
> 展示昨夜一朵朵白色的夢

詩人將清晨初醒的荷花意象化，具象化，在池塘上化身為技巧高超的美麗芭蕾舞者，以舞曲的節奏，醉人的舞姿，「旋轉起夜的餘韻」，向前來欣賞的知音，靈巧展示「昨夜一朵朵白色的夢」。整首詩完全讓意象演出，不用說明文字，是一首很有美感的意象小詩。

年輕詩人陳靜宜有一首詠荷的小詩〈翻閱〉：「攬住一園子春色／與過往／獨挑一朵娉婷／飛樑畫棟／輝煌的顏色／在荷葉上不停翻閱」，一開頭詩句：「攬住一園子春色」，即以優美的意象，呈現著名古蹟林家花園的池塘裏，荷花盛放的容顏。詩人更進一步，加入懷舊詩情，娉婷的荷花，不只

〈攬住〉春色，也〈攬住〉輝煌燦爛的過往。最後兩句：「輝煌的顏色／在荷葉上不停翻閱」，虛實交錯，又憑添歷史感；古厝老了，詩人只能從欣賞盛開的荷花與荷葉，追懷老屋昔日的絕代風華。

再以筆者的小詩〈油菜花〉為例：「光禿禿的大地／成群結隊的／油菜花／像天真爛漫的學童／牽著彼此／嫩黃的小手／在冬日午後的／操場裏／笑嘻嘻的／遊戲」，以活潑的意象，將嘉南平原的冬日田野上，很常見的鮮黃色油菜花，比喻成一群「牽著彼此／嫩黃的小手」，在操場上嬉戲的小學童；讓〈天真爛漫〉的油菜花，帶著詩人自己，也帶著讀者們，重返美好的童年。筆者的一首近作〈印象阿勃勒〉，也是讓意象盡情演出：「沉默的大樹／突然雷霆／將壓抑一整年／金色的想念與詩／暴雨般／噴湧」，阿勃勒是臺灣很常見的高聳大樹，在五月底六月初，茂盛的綠葉間，會綻放一串串讓人驚豔的金黃色花朵。正值初夏梅雨季節，聽著遠方天空響起的聲聲雷霆，觀賞眼前如黃金雨般的花瓣，激發了詩人長久壓抑的靈感，瞬間，詩句便如「暴雨般／噴湧」。

（3）對比的張力：

對比也是詩人們喜愛使用的技巧，無論是文字的安排或意象的使用，成功的對比，會增強一首詩的張力，也豐富詩的內涵。葉莎有一首寫殘荷的詩〈遺言〉，第一節的第三與第四行就採用對比的技巧：「趕在髮落的第一天／擬好孤獨的遺言／越來越瘦的自己／不宜憑弔豐腴的青春」，花再美，也有凋謝的一天，面對即將消逝的生命，「越來越瘦」，日漸老去的殘荷，終不忍獨自傷感「憑弔豐腴的青春」。此詩的結尾詩句：「寂寞的旅人，指著殘荷／預言來年復活的時日」，〈殘荷〉對比〈復活〉，詩人運用對比的技巧，讓原本感傷的語調與心境昇華，為殘花，也為賞荷的詩人，注入重生的盼望！

栞川的〈野薑花與藍鵲〉詩中，巧妙加入另一位主角（藍鵲），讓靜止不動的花與展翅飛翔的鳥，展開一場精彩對話。以第二節為例：

> 雖化作逐風的蝶
> 終究飛不出瓶中的風景
> 而你一舉翅便渲染了
> 整座山林藍色的霧
> 你不懂我的流水心事
> 正如你的天空我無法解讀

對比的詩句，道出無法飛出瓶子的野薑花的〈流水心事〉，原來花兒十分憧憬飛鳥的〈天空〉，儘管那不是她熟悉的世界。此詩不只是花與鳥，靜與動的對比，在色彩上，也運用了白與藍的對比，增添詩的美感。

筆者的相對論四行小詩中，有一首〈花朵與蝴蝶〉：「春天的花朵／牢記蝴蝶偶然的駐足／遠行的蝴蝶／遺忘花朵一生的歎息」，也是以靜態的花朵與動態的蝴蝶相對，將花朵與蝴蝶暗喻為一對戀人。對花朵而言，蝴蝶是她唯一的愛；對蝴蝶而言，花朵只是他「偶然的駐足」，對比花朵「一生的歎息」，令人不勝唏噓！另一首相對小詩〈歡唱與冥想〉：「一群重獲自由的雲雀／樹檬間高聲歡唱／一朵追尋真理的白蓮／池塘中靜坐冥想」，更是採用看似相對，實則相融的多層次設計。躲在樹檬間雲雀的歡唱，對比坐在池塘裏白蓮的冥想，在喧鬧與靜默之間，形成大自然裏，一幅優美和諧的畫面。

（4）象徵的意涵：

東西方詩人都曾以具象的花，象徵抽象的情感與思想。例如：「A rose is a symbol of love.」（玫瑰是愛情的象徵）。在英國文學史上，常見以玫瑰比喻愛情。而在中國古代的詩詞歌賦裏，蓮花象徵聖潔清高的品格，如周敦頤的「愛蓮說」，將蓮花比喻君子。沈花末的詩〈黑夜並不存在等待──致阿勃勒〉，以詠歎的詩句與語調，歌頌六月，黃花簇簇的阿勃勒。開頭的詩句即帶給人溫暖與新生的力量：「你帶著童年的溫度重新降臨／熱烈的眼睛眺望六月／你尋找自己的節慶／在日子裏播種小雨和雨」。六月初，阿勃勒燦爛的黃花，總是吸引無數讚歎的目光。由第一句讀出，詩人不只被花的美麗觸

動，還聯想到自己美好的童年。最後四行詩人寫道：「生命柔軟這樣漫漶／
這樣純金，有人說／沒有你的白晝不會有夢／黑夜並不存在等待」，以柔
軟、漫漶與純金，形容黃花的姿態顏色，最後兩行是詩眼，呼應主題之外，
也有弦外之音。阿勃勒金黃的花瓣，在詩人筆下，已成為生命漫漫的旅程
中，夢想與希望的象徵！

　　另外，以筆者一首描寫木棉花在早春時，轟然綻放的詩〈木棉樹〉為例：

　　　站在早春的街道
　　　東張西望，一株
　　　焦灼的
　　　木棉樹

　　　穿透灰暗的
　　　水泥叢林
　　　我聽見群花
　　　朵朵
　　　爆裂

　　　撥開雲層
　　　輕輕喚醒
　　　囚禁的陽光

　　已故前輩詩人文曉村老師，對此詩曾有深入解析，在此引用文老師對第
三段的評賞：「第三段：『撥開雲層／輕輕喚醒／囚禁的陽光』。十分意外的
結尾，點出詩的主題，原來木棉花撥開雲層，是要『輕輕喚醒囚禁的陽
光』，讓陽光撫慰大地，溫暖人心。詩人賦予木棉樹的人格、情操，正是詩
人人格情操的表現。」著名詩人與詩評家蕭蕭教授也曾評賞此詩，蕭蕭教授
指出：「曾美玲卻在最後一段，以撥開雲層、喚醒陽光的天體大象，暗喻小
小木棉的開放，令人驚艷；而且，所謂『喚醒囚禁的陽光』有著更深一層的

哲學暗示,呼應第一行的『春』字,呼應人生智慧的春喜與希望。——這就是『詩心』。」對筆者而言,春天的木棉樹,就像一位終身為理想奉獻的藝術家,默默將生命中最美最精華的一面,毫不保留地揮灑;朵朵爆裂的木棉花,不只激發詩人創作的靈感,更如蕭蕭教授與文曉村老師所言,是溫暖、希望與新生的象徵。

二 結論

英國詩人布雷克(William Blake)有一首經典名詩:「To see a world in a grain of sand,/And a heaven in a wild flower,/Hold infinity in the palm of your hand,/And eternity in an hour.」(一沙一世界‧一花一天堂,掌中握無限,剎那即永恆。)古今中外的詩人們,以善感的心,悲憫之情,加上敏銳的觀察力,從欣賞大自然中,千千萬萬種的花草樹木,取得珍貴的靈感,創作出無數動人瑰麗的詩作;誠如布雷克的詩句:「一花一天堂」,女詩人們持續以生命與熱情,精準掌握花兒的姿態神韻,也賦予花兒深刻的象徵意涵,在一首又一首的詠花詩裏,發現人生的美好價值與創造生命的真實意義。同時也為現代詩的園地,增添無數芬芳迷人的詩篇。

引用書目

古　月：〈探月〉，臺北：三采文化，2008 年。

涂靜怡：〈回眸處〉，臺北：漢藝色研，2008 年。

龔　華：〈玫瑰如是說〉，臺北：知本家，2003 年。

沈花末：〈新詩卷──雲林縣青少年臺灣文學讀本〉，雲林縣斗六市：雲林縣
　　　　政府，2016 年。

栞　川：〈寂靜對話〉，新北市板橋：遠景，2016 年。

洪淑苓：〈預約的幸福〉，新北市新店：河童出版社，2001 年。

葉　莎：〈2016 臺北攝影年鑑〉，臺北：2016 年。

陳靜宜：〈新詩報 19 期〉，網路電子報：2016 年 7 月 3 日

曾美玲：〈囚禁的陽光〉，新北市新店：詩藝文出版社，2000 年。

曾美玲：〈終於找到回家的心〉，臺北市：秀威信息，2012 年。

曾美玲：〈相對論一百〉，臺北：書林出版社，2015 年。

辛金順（1963－）

國立中正大學中國文學博士。曾任教於臺灣國立中正大學和南華大學、馬來西亞拉曼大學中文系。

曾獲：新加坡方修文學獎新詩和散文首獎、馬來西亞海鷗文學獎新詩首獎和散文特優獎、中國時報新詩首獎、臺北文學獎新詩首獎和散文優選獎、臺中市文學新詩首獎、府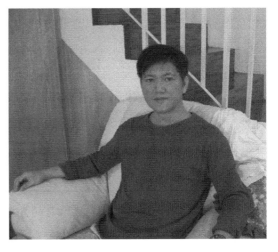城文學新詩首獎、桃城文學新詩首獎、中央日報新詩特優獎、梁實秋散文特優獎、海華文學著作獎散文首獎、全國學生文學獎、臺灣省古典詩詞首獎等。

著有詩集：《風起的時候》、《最後的家園》、《詩圖誌》、《記憶書冊》、《說話》、《注音》、《在遠方》、《詩／畫：對話》；散文集：《江山有待》、《一笑人 間萬事》、《月光照不回的路》、《私秘語》；論文集：《秘響交音——華語語系文學論集》，論著：《存在、荒謬、知識份子——錢鍾書小說主題思想研究》、《中國現代小說的國族書寫——以身體隱喻為觀察核心》及主編《時代、典律、本土性：馬華現代詩國際學術研討會論文集》、《時代新書：中國現代小說選讀》、《馬來西亞潮籍作家作品選集（1957-2015）》等。

光在詞語中安居

──現代詩的詩意探尋

　　讀詩，總是需要某種尺度，以辨識╱闡述一首分行作品，是否具有詩的元素，而可稱之為詩，或純只是散文散句，借分行之列，魚目混珠假冒為詩；或以跳躍語意，斷裂詞彙，通過晦澀風格，敷衍詩義的玄奧，以致令人炫惑於詩藝的展現，而莫知其乃詩或非詩。因此，常聽到有人詢問，何謂是詩？

　　何謂是詩？似乎是存之於新詩伊始的謎語。如五四時期胡適所強調的，新詩必須「明白如話」，也提及「需用具體而避抽象」的寫法與「音節自然」功效，以呈現出詩的韻味來[1]。由此可以窺見，胡適在提倡新詩之時，已經注意到了新詩的形成，脫離不了「語言」、「意象」和「節奏」的詩意空間展現。雖然，他在這方面的論述，是置放在提倡白話文的基礎上開展出來的一套初淺作詩理念，但大致上，新詩的創發，卻一直以來離不開這三大元素組成，不論後來聞一多和新月詩派所倡導和實踐的「新格律詩」，或新格律詩倡導者們試圖回覆古典詩歌那份因語言蘊藉、精鍊和含蓄所獲得的獨特美感，以反撥胡適「明白如話」的語言表現，並突出了音樂性和語言構成的詩意表現，都是在這面向上為新詩尋求一個詩質的提升。

　　即使後來一些詩人對新格律的修正，強調語言和諧自然下，音律內化的節奏感，更能撼動人心，而非形成外在格套式音節所能比擬。如王獨清的作

---

[1]　胡適在〈論新詩〉一文中，認為作詩方法，「需用具體的做法，不可用抽象的說法。凡事好詩，都是具體的；越偏向具體的，越有詩意詩味。」，至於對新詩的音節，其指出新詩的節奏需靠「語氣的自然」和「句行間的和諧」，並經由內部組織如層次、條理、排比、章法、句法等演繹而成；句末有韻無韻均可。相關觀點，參見《胡適作品集3：文學改良芻議》，臺北：遠流，1986，頁198。

詩公式法:「(情／力)+(音／色)=詩」,以此闡明詩人內在性向和情感認知所形成的音律和語言是難以割分,不論以口語為中心,或言文一致,詩人的精神氣質和情感向度,還是往往決定了其詩中語言音色的表現。易言之,新詩自是無法回到古典詩那樣以格律作為體系的形式呈顯,而只能在自由體中,以詩人的情感和生命氣度,形成詩歌語言的內在節奏,並由此組構出詩的詩性空間來。

同樣的,新詩語言的追求,從「話怎麼說便怎麼寫」,到徐志摩等詩人「語言歐化」的變化,或文白的交雜淬鍊,口語化寫作的呼求等等,都是詩歌言說的種種試探;在此,新詩語言的遷更,幾乎可以視為新詩史重要的進程。然而綜觀所得,新詩每遇到進入淺白外露的表現時,就會被要求含蓄蘊藉,可是一旦過於含蓄而深至艱澀難懂時,則又會要求改成淺顯明朗,而在這方面,詩語言往往是被要求改造的首要元素,由此,可以窺探出其間詩歌語言更遞角力的演繹,是如何的政治性。而口語的當下(鮮活)性和書面語的固定(典雅)化,兩相交錯,無疑徵示著詩歌語言的相互對峙,以求通過藝術表現手法的加工,讓詩意能從中敞開。

但在這裏卻必須面對一個提問,詩歌的節奏和語言形式,就能彰顯詩意(Poetic)的特質了嗎?以及一首詩有沒有詩意,是由誰來確定?或換另一句話說,詩意是否有其特有的判定標準?

在回答這個問題前,首先必須從一般定義上來看,何謂詩意?若根據《現代漢語大辭典》的解說,詩意是:「詩的內容和意境」,以及「通過詩的方式呈現,讓人產生美感的意境」[2]。由這兩項解說,可以窺探出「詩意」是與「意境」有著密切的關係。惟「意境」之說,誠屬中國古典美學的理論,具有道家意識的藝術思維,強調情景相融,意象渾然的瞬間之感。如王國維在《人間詞話》所提出的「意與境渾」說,即強調物我和諧統一,主客泯化的狀態,由此而成其為「無我之境」論[3]。這樣的「意境」美學,還是

2　《現代漢語大辭典》,北京:漢語大辭典出版社,2000年版,頁357。
3　「無我之境」說,見王國維《人間詞話》,即「無我之境,以物觀物,故知不何者為我,何者為物。」在此,主客已經融合為一了。廣西教育出版社,1990,頁6。

要歸入虛靜之心，才能展現出來。就像蘇軾在〈送參寥師〉一詩所云的：「欲令詩語妙，無厭空且靜。靜故了群動，空故納萬境」[4]。在此，物各其性，使得萬物都能納入自然之中而成為自然，這樣才能達到「意無窮」的境界。當然，就某方面而言，這樣的詩境，對古人來說，實是一種寫詩的理想。

然而，自有新詩以來，「意境」很少會被涉及，畢竟現代的傳意，不若古典的情境，生活狀態，也不似古代那般具有可以常與自然融合無間的文化空間，或神思靈動，即可進入事事無礙，萬物自得的生命世界。新詩，尤其現代詩，在當下的現代語言裏，需要去面對一個全新的景觀、生活經驗和存在情景。故自有其歷史和時代語境，不論思維、感覺和表達方式，全然與古代迥異，因此「意境」在現代詩裏，早已被轉化成為「現代意象」的呈現，如三十年代施蟄存在《現代》所陳述的，指出現代詩是一種「現代人在現代生活中所感受的現代情緒，用現代詞藻排列成的現代詩形」[5]，故它的詩意獲得，不是來自於外在的形式，而是「現代意象／精神」背後，所含蘊的現代意識之深層結構。最好的例子，其實可見於五十年代末，那群被放逐於臺灣島上外省詩人群裏，如洛夫的詩作〈石室之死亡〉：

> 我確是那株被鋸斷的苦梨
> 在年輪上，你仍可聽清楚那風聲、蟬聲

4　蘇軾〈送參寥師〉，見王十朋集注：《集注分類東坡先生詩》，卷21，《四部叢刊初編》，頁952。其全詩為：「上人學苦空，百念已灰冷。劍頭惟一吷，焦谷無新穎。胡為逐吾輩，文字爭蔚炳。新詩如玉雪，出語便清警。退之論草書，萬事未嘗屏。憂愁不平氣，一寓筆所騁。頗怪浮屠人，視身如丘井。頹然寄淡泊，誰與發豪猛。細思乃不然，真巧非幻影。欲令詩語妙，無厭空且靜。靜故了群動，空故納萬境。閱世走人間，觀身臥雲嶺。鹹酸雜眾好，中有至味永。詩法不相妨，此語當更請。」

5　施蟄存在〈關於本刊中的詩〉中提及，現代詩要反映的是現代人的生活、場景和存在情緒，因此，不論是「匯集大船泊的港灣」，或「轟響著噪音的工廠」，還是「奏著爵士樂的舞廳」等等都會場所和生活現象，都是詩中重要的題材；即使是描繪鄉村田園的意象，也都涵蘊著現代的情感，這樣的情境，自然與古典詩歌「以物觀物」和「目擊道存」的構思方式不同了。見《現代》雜誌，四卷一期，1933.11，頁2。

　　那被強加鋸斷和隔離的苦梨（以梨之諧音喻指離），呈現了禁錮歲月中的傷痛、苦悶和孤絕，不論肉體或精神的流放，都表現出了詩人存在處境的一份頓挫。詩中的意象，不論是苦梨、年輪、風聲或蟬聲，都蘊涵了歷史記憶和創傷的悲痛，此一情緒，無疑形成了一種獨特的詩性空間。而這樣的詩，只有被置於那個特殊時代，才能凸顯出其之意義和感染力來。

　　同樣的，商禽以散文形式所呈現的詩作〈長頸鹿〉，即透過人物心理扭曲和變形的存在狀態，展示了生命在禁錮中無可逃避和逃脫的悲涼處境：「那個年輕的獄卒發覺囚犯們每次體格檢查時身長的逐月增加都是在脖子之後，他報告典獄長說：『長官，窗子太高了！』而他得到的回答卻是：『不，他們瞻望歲月』／／仁慈的青年獄卒，不識歲月的容顏，不知歲月的籍貫，不明歲月的行蹤；乃夜夜往動物園中，到長頸鹿欄下，去逡尋，去守候」在此，「監獄」、「動物園」隱喻了國家，「長頸鹿」和「獄卒」成了國家體制下所壓抑和互相折磨的人，加上歲月所鏈結的容顏、籍貫和行蹤等等意象，在超寫實手法的處理中，展示了此詩在意／境表現上的獨特性。是以，在這一代詩人的創作裏，詩意的呈現，不再是重複那份飽滿自足，或寧靜致遠的自得之境，反而是形成一種顛覆、斷裂、陌異化，以及對生命真相揭顯的可能。

　　所以在現代詩裏，詩人能更自由的選擇詩意的開展，並因應著各自不同的時代和語境，以各種技藝和修辭手法，去展現詩作中詩意的想像和生成。例如，對強調文字簡潔和情感含蓄的意象派（Imagism）[6]而言，意象的本

6　「意象派」崛起於1909，主要代表人物有龐德（Ezra Pound）、埃米・羅偉爾（Amy Lowell）等人為代表詩人。他們主要是為了反撥象徵主義和浪漫主義所結合的新浪漫主義詩風（感傷情調）。在詩歌的表述上，強調藝術的凝鍊和客觀性，要求文字簡潔，感情含蓄，意象鮮明具體為主。情感瞬間涵蘊於意象中的表述，與象徵主義依據聯想，通過兩個代號（如a是b的代號，桃花是人面的代號）進行連接不同。意象的統一（a即a，桃花就是人面，故桃花和人面有機的結合一起）。但完全以意象言說，難免會造成晦澀之感，以致「意象派」從確立（龐德在1912年定名「意象派」）到結束，只短短五年而已。但意象的表現技巧，如意象層疊、意象並置、含蓄和文字精簡等等，卻被現代詩因襲過去，成了現代詩的特色之一。參見鄭敏〈意象派的創新、局限及對現

體，乃屬詩意的蘊發，其之情感和內容思維的形象化，具有一定的吸引力。像龐德（Ezra Pound）的名作〈地鐵站〉：

> 這些面龐從人群中湧現
> 濕漉漉的黑樹干上花瓣朵朵[7]

地鐵站中突然從黑壓壓一片人潮中湧出，一些美麗亮眼的臉龐，引發詩人的聯想，讓他想起的，卻是充滿著詩意的「濕漉漉的黑樹幹」和「樹幹盎的花瓣朵朵」，那種映現著視覺性的亮麗情景，在瞬間照面裏，也打開了詩人對希望的渴求。而詩中現實繁忙的地鐵站，呈現了都市的日常庸碌，相對於心靈對自然美好的想望，無疑形成了詩最大的張力（tension）。而詩意，亦在兩種情態的對比中漫開。

因此詩意的傳達，未必如傳統的定義，需要優美雅致的修辭來加以支撐，即使在口語表述中，亦可窺見詩意的蹤跡。固然，要以口語的簡白如話，或回覆到胡適所謂的「話怎麼說就怎麼寫」那類「我手寫我口」的詩作表現，難免會扔棄詩的節奏和意象營造的詩質，甚至成了嘮叨瑣碎，以致最後落入了類似「梨花體」和「烏青體」[8]的詩歌寫作危機中。故陸志韋在

代詩派的影響〉，收入氏著《詩歌與哲學是近鄰：結構和解構詩論》，北京：北京大學出版社，1999，頁97-112。

7　龐德〈地鐵站〉（In the Station of the Metro）原詩為："The apparition of these faces in the crowd／Petals on a wet, black bough"，見彼德・瓊斯編《意象派詩選》，重慶：重慶大學出版社，2015。頁43。

8　「梨花體」是網路大陸詩人趙麗華的新詩體的謔稱，取其諧音，「麗華」為「梨花」，謔言其詩將普普通通的幾句口語，分行分段成新詩形式為口水詩、垃圾詩。這些在2006年被貼到網路上，而被取笑的詩作，其中有〈一個人來到田納西〉：「毫無疑問／我的餡餅／是全天下／最好吃的」，或〈我終於在一棵樹下發現〉：「一隻螞蟻／另一隻螞蟻／一群螞蟻／可能還有更多的螞蟻」等。至於「烏青體」則是在2012年網路上有人貼出一位先鋒詩人烏青的一些詩作，如〈對白雲的讚美〉：「天上的白雲真白啊／真的，很白很白／非常白／特別白特白／極其白／賊白／簡直白死了／啊」等，並被謔為「廢話體詩歌」。顯見「口語詩」的為詩不易。

1923 年就曾針對口語詩作出了批判，認為詩若「明白如話」，則「我們說話就夠了，何必作詩？」，在他認為，詩的美必須超乎一般語言的美之上，「必須經過鍛鍊的功夫」[9]。換句話說，口語詩，仍然還是需要經營，而非隨口而出。在這方面，臧克家為了紀念魯迅而寫的名作〈有的人〉可以做為討論的例子。此詩長久來為人所傳誦，固然是因為其語言的淺顯，如口語，但卻非隨意而出，而是有所營構，其中最具感染力的，是其隱含於詩句中那有機的，直指人心的思想質地：

有的人活著／他已經死了／／有的人死了／他還活著[10]

詩中對「肉體／精神」的語意對比：「活著／死了」和「死了／活著」，形成了詩裏強烈的張力，而這張力不是源自於修辭的優美和典雅，而是經由兩種人的兩種對照，衍生出其詩中的思想力量。大致上，這四句詩語言直白，卻蘊意深刻，無疑也反撥了意象派強調意象作為詩意表述的可能。因此意在言外，詩在言外，口語詩要成為詩，必要具有詩性的元素，要具有詩想，才有可能形成詩的詩性空間，成為具有詩意迴盪的詩。但若無經過鍛鍊，則任由口語的隨意性隨意而出，勢必將會把詩歌帶向了「非詩」的困境去。

即使在 2014 年網路突然爆紅的小詩〈大雨〉，看似完全以口語入詩，但其間仍然還是可窺出詩作詞句的選擇和安排，而非隨口而成。在此，舉列其詩如下：

---

9 見陸志韋〈我的詩的軀殼〉，詩集《渡河》，北京：亞東圖書館，1923年，頁18。

10 臧克家〈有的人〉是為魯迅逝世十三週年而做的詩。全詩為：「有的人活著／他已經死了／有的人死了／他還活著／有的人騎在人民頭上：『啊！我多偉大」／有的人／俯下身子給人民當牛馬／有的人／把名字刻入石頭，想不朽／有的人／情願做野草，等著地下的火燒／有的人／他活著別人就不能活／有的人／他活著為了多數人更好地活／騎在人民頭上的／人民把他摔垮／給人民做牛馬的／人民永遠記住他／把名字刻入石頭的／名字比屍首爛得更早／只要春風吹到的地方／到處是青青的野草／他活著別人就不能活的人／他的下場可以看到／他活著為了多數人更好地活著得人／群眾把他抬舉得很高，很高』

那天大雨，你走後／我站在方圓南街上／像落難的孫悟空／
對每輛開過的出租車／都大喊：師傅……[11]

　　整首詩結構簡單，不押韻卻內含語氣的節奏感，鮮活的呈現出了當下離
別（友人或愛人）的情緒和感受。語言也相當淺白，不注重詞藻，然而卻充
滿著幽默機巧，如諧擬落難於茫茫人間的「孫悟空」，在淋漓的大雨中，無
助地對著出租車大喊「師傅」（師父），而省略了後面的「救命」，頗能博人
會心一笑，卻也同時留下了情人／友人分手後悽惶的餘韻。故由此窺之，此
詩之詩意在語言之外，情感卻含蘊於語言之中，相當形象化的將詩人當時的
現身情態呈顯了出來。

　　總而言之，詩意並非一定要有鮮明和感人的意象，在審美現代性的指向
上，它因應著不同時代的情態和語境，在不同的創作實踐過程中，會呈現出
不同的詩意表現來。因此，有些詩歌即使缺乏節奏或韻律，仍不失其詩意的
展開。故節奏作為一種詩歌的隱喻系統，在詩學體制裏，有時候會因某種變
革，而被擱置，或隔離，以進行改革、顛覆和汰換。同樣的，在傳統詩學意
義下的詩意美學，以清俊、幽美和典雅的修辭／藻飾作為詩歌語言的判準，
或以書面語言做為詩歌語言和詩意的進路，以求取含蓄和精鍊，然而一旦面
對到口語化的翻轉，或後現代語言的顛覆，則原有的語言詩意將會瓦解，甚
至從詩中被驅逐出去。像唐捐近期的詩作，以諧擬、以臺語、以語言的破格
和惡搞，以扭曲和醜怪化，對詩進行了反詩意、反美質的工程即為一例，如
〈無釐頭詩‧殺蜜〉一詩：「爛的／不只蘿蔔／腐鼠也有微痛的說／／殺蜜
／暗爽都你／阿得內傷就我」[12]，呈現了一種語言混雜、惡搞和笑謔的特
質，且將詩意驅逐出了他的詩外。同樣的，這類詩歌，也出現在以支離、破

11　這首短詩的作者是曹臻一，乃八十後文青，曾以冉虫虫的筆名寫作，著有小說《不在
　　限制的前方》和短詩《超級月亮》。2014年9月1日有微博網友貼出了這首詩，短短兩
　　天，此詩在中國大陸的微博、微信等瘋傳，紅極一時。而女詩人，卻是隱居貴州深山
　　燻製火腿，並在淘寶售賣。

12　唐捐《蚱哭蜢笑王子面》，臺北：蜃樓出版社，2013，頁14。

碎和自謔為樂的廖人（廖育正）之《廖人詩集》中，如：「廖人折斷廖手／把斷掉的手臂／丟在空中丟丟丟／／廖人在臺下／為廖人拍手──」[13]，陌生化的語言，陌異化的語義，怪誕的情景，讓詩集中的許多詩，跳脫了詩原有的格套，而形成了廖人詩作中，獨特的詩意表現。

易言之，這些詩作與其前輩們在詩裏所追尋的詩意是不同的，他們拋棄了典雅、飽滿的意象，含蓄蘊籍的語言和詩的韻律／節奏感，以期為現代詩尋找出不同的詩意表述和聲音來。所以，從這方面來看，在革故鼎新的意識之下，詩意的探尋，總是有著不同的創意要求。而近這五年來，蘇紹連所提倡的「無意象詩」，強調如果詩的意義性可以在無意象之下成立，則將做為具有比喻和象徵的意象，捨棄也無妨[14]。這說法，無疑顛覆了詩的具象化要求，或胡適所謂的「需用具體而避抽象」的寫詩手法。這類詩作有點像宋詩捨棄形象思維的說理詩一樣，以抽象詞彙鋪衍詩作，用虛實詞性的轉義，置入詩中，以去呈顯出詩中的現象、思想和主題。此一詩學提出，並以創作實踐之，自也挑戰了現代詩的意象詩學知覺，在詩語言表述上，給出了另一條創作的蹊徑。

但這些詩以新奇和陌生化的方式展現，往往也只是短暫性，因為詩的形式在熟爛並成了俗套後，就必須尋求更新，更新後形成熟爛，又再次更新，因而在此形式不斷創新的理念循環下，詩的創作將完全走入形式自我辯證的創作中，而陷進了形式主義的迷宮裏，而「詩何以為詩」，仍然是一個無解的謎團。（對現實主義詩學而言，他們比較注重的是詩的現實主題和意義，至於形式的新奇，語言的機巧華麗，則非創作時關注的焦點了。）

是以，詩的詩意可以說是屬於流動式的，難以判定。因為在不同時代，

---

13 見〈為廖人拍手〉，《廖人詩集》，臺北：黑眼睛，2014，頁137。

14 蘇紹連在2011年1月即在吹鼓吹論壇大力提倡「無意象詩」的創作，並在2011年9月出版的《臺灣詩學・吹鼓吹詩論壇13號》「無意象詩・派」發表了「無意象詩・論」〈意象如何？如何無意象？〉，其中提及了「無意象詩」的特點在於「用現象代替形體」、「用抽象名詞替換形體名詞」、「主詞用形容詞或動詞擔綱」、「用語境讓形體失去具象意義」等等，以期在無意象詩的創作上，能夠開發詩的另一種詩性和創意。頁22-45。

不同場域、不同詩學理念,或不同讀者,以及在不同語境之下,詩意的追尋,都有著他們各自美學趨向的認知,而詩意的想像,也並不盡然相同。所以,如果我們認同卡西勒(Ernst Cassirer)的話,即詩歌的創作思維是屬於一種感性而神祕的思維[15],則在這神秘思維下,詩意的探索,無疑也就無法用一種方式來加以標籤了。舉例而言,對於現實主義詩人,當他們面對以挖掘個人內在生命奧秘的(後)現代詩作時,總會覺得那些詩作晦澀難懂,或只在語言形式與技藝上戲耍,卻無法以明朗的風格,捕捉社會現實的種種現象,並呈現出現實詩質和詩意來;而對於不同主體的詩意想像者(或讀者),也基於經驗、思維和美感認知程度不同,因此在美學的接受上,也會出現不一樣的詩意認知;同樣的,傳統詩意的追尋,和現代詩意的捕捉,以及後現代詩意的拼貼、語法斷裂、文體混合,以及無意義式的漫衍,也存在著相當大的迥異,不能等而觀之。因此,若以古典的詩意美學,或以意境、境界等,對現代詩和後現代詩創作進行判準,或分其優劣,則這勢必造成詩人們很大的困擾。

可是,回歸到詩的審美本質,還是可以發現,以強調情感展現和抒情的詩作蔚為大宗。因為主體詩意的棲居,是具有生命的存在感的,而非理性,或理性工具所能取代。因此詩的語言,也與實用語言有別。另一方面,詩意的認知,卻因各自語境和審美觀的的不同,必也產生了各自不同的認定和看法。這一如波赫士(J.L.Borges)在《談詩藝錄》中所說的,寫詩有很多種方法,但這都不是問題,因為唯有能讓人讀了而引起內心產生震撼的詩(不論其語言是平淡樸實或精心雕琢),才是真正的好詩[16]。換句話說,只有真正能打動人心的詩,才能在讀者的心中長存。

因此,就暫時忘掉有關「詩意」和「非詩意」的文學審美/政治選擇吧,坐下來,好好讀一首詩。而讀詩過程中,若能被所讀的詩(句),碰觸到生命/內心最深處,而引發內心的共鳴和震撼,則如波赫士所說的,那就是意味著,你已經讀到了一首可以照亮生命之光(對閱讀者而言)的好詩了。

---

15 參閱卡西勒著,干曉譯的《語言與神話》,臺北:桂冠出版,2002,頁45-46。
16 參閱波赫士著、陳重仁譯:《波赫士談詩論藝》,臺北:時報文化出版,2001,頁24。

田運良（1964－）

　　佛光大學中國文學碩士，淡江大學中國文學所博士班。曾任《聯合文學》編輯、企劃經理、總經理；《印刻文學生活誌》總經理。現任外交部《光華》雜誌總編輯。曾獲臺北文學獎、府城文學獎、南瀛文學獎、臺南文學獎、玉山文學獎、佛光文學獎、陸軍文藝金獅獎、國軍文藝金像獎、教育部文藝創作獎、全國優秀青年詩人獎、青溪文藝金環獎、中國文藝協會詩歌評論類獎章、創世紀詩雜誌四十週年紀念詩創作獎等獎項。著有詩集《個人城市——田運良詩札》、《為印象王國而寫的筆記》、《單人都市——田運良詩札》、《我書——田運良詩札》，散文書《有關愛情的種種美麗》、《值得山盟海誓》、《潛意識插頁》，書評集《密獵者人語》，口袋書《愛情經過》、《與情書》。

跋涉或覽遊，寫詩之一百種方法
——自我詩觀的返望

寫詩，是種文字跋涉或辭句覽遊，像在廣漠瀚海中尋找一百種安然穿越抵達之徑途、像在這徑途上尋找一百種觀看壯奇風景之視界、像在這視界中尋找一百種下筆寫虛記實、寫情記意之歷程。

詩行一旦開筆，其實我也在尋找這個疑問的真實答案，或是最接近真實答案的答案：究竟有多少方法可以如一針見血般，準確說明詩創作境況的前中後所應遵循的法則或律條？一百種嗎？太少或更多呢？

在每回的跋涉或覽遊間，之所以疾疾需索「寫詩的一百種方法」的解答，其實是我再也不願意尋索著、或受不了藏躲於文字裏「意象」、「靈感」之類的虛無字眼所設的神秘符咒，其日以繼夜騷擾原本恬靜的日常生活所造成的不順遂與阻礙。這迫使我非得捨棄一般常態性思考詩創作的路途，改走偏僻幽靜的小徑，小心翼翼且提心弔膽地從文學林森中穿徑出來，帶著整札以首為計量單位、被歸類為詩的文字合成物回到書桌前，當作是歷遊歸來的紀念品，時予緬懷並且善加貢奉。據此藉以破除游移於案前如彤雲般久久不肯散逸的狐疑，在有限的創作空間裏，變換各種寫詩必備的筆或紙，甚至不斷調整姿勢，來適應「詩」即將到臨。

寫詩。而寫詩的第一種方法，就我不負責任的建議：首當要全數放下觀念裏已先入為主對詩的滿腔熱血和羅曼蒂克。

寫詩充其量不過是文字中自然景觀與人工美術的集體雕造塑型，應是自我臣服於詩前的一種告贖或慰解，決不是鑽研辭彙群的堆砌、層疊、改革或造陸，所以實在無需把千秋萬世的使命感塞進詩裏，否則筆下有所拖泥帶水，詩裏必然城府森索，詩的質地必然紋理粗糙。而口口聲聲有如傳教證道般說來如此冠冕堂皇而振振有辭後，我蜷在筆下，稿紙成捲鋪排眼前，我還

是無法割捨滿腔熱血和羅曼蒂克，那是服膺詩的獻誠行為，也可以表達「我愛寫詩」的愚忠。

對詩如此逼不得已的表現，讀者們會不會覺得我很天真無邪呢？還是十分笨拙？或是有更激動的情緒反應……。請容許引介我第一本詩集《個人城市》裏的詩序〈慌忙將它摺迭起來妥存收藏就當作完全沒有發生過一樣〉——

　　　　第一場長河決堤
　　　　發生在心事騷亂那天晌午。

　　　　真恨當初闖禍的方式是如此潦草
　　　　我抱著剛出爐的一本主義
　　　　逃往高處閃水（猶如一隻受驚的蚯蚓
　　　　　　　　沿途遺留如蝸螺匍過的黏跡
　　　　　　　　跟蹌而曲曲折折）
　　　　面對欲來的威脅
　　　　所有雄心壯志
　　　　紛紛泅泳或潛游或涉渡
　　　　齊同挽救顛倒的我
　　　　及一冊縐的現代詩集（溺斃的變質主義）

　　　　……，……。

　　　　水退了。
　　　　淺灘淤擱一群死的感覺
　　　　我仍堅持著原膚色的清醒
　　　　「一張類似訃聞而散裝人生的傷亡病歷
　　　　　驚動那樁不可預知的噩耗

造成極度次幾何的魔障

這冊騎縫釘的頁頁殤之浮雕就一一陪葬吧」

能嗎？我祇能裝出一付

深秋似的遺容

慌忙將它摺迭起來妥存收藏

就當作完全沒有發生過一樣

這種舉止彷彿與四季熟識

彷彿潛意識到紋身錯纏的根性

（總之

迷惘存在的覷味是拾詩者唯一的職業）

（此刻，被埋在陰暗潮濕的地層底

滎露自棺槨壁上滴滴滲出

遺囑早已泡水，字跡模糊難辨

而切次序倒置。）

河變之後

如何超渡這未蒙塵的方格極樂

原不是創作超我的本質

我已將生命與身焚化

換一帖墓誌碑銘。屍殉野獄

⋯⋯

千古後

⋯⋯

相信會有另一幫詩人

探險般神祕地集體挖掘、考古

蕭然某地質學專家杯捧甫出土的骨董

　　逼來陣陣商業化的竊笑：

　　──「『據考證此是民國時代的詩集化石

　　價值連城。距今……』」

　　我總是如此不經意地、鴕鳥心態似地面對「寫詩」這件捻手即來、垂手
可得的美事。詩裏，我把寫詩視作「闖禍」、「挽救」、「溺斃」、「殮之浮
雕」、「遺囑」、「考古」、「出土」等等的回返歷程，設擬每回的詩寫作都像在
拯救某種罪贖般的凜然壯烈，視詩寫作都像是從容就義般的犧牲捐軀……，
不過，換來的是陳義過高、晦澀濃稠的負評，而我總在屢敗屢戰、愈挫愈勇
的詩寫作道途上繼續前行。現在再重新審視這首〈序詩〉之情境與內裏，我
幾乎想不起來當時年少輕狂的氣魄從何而來，我甚至早就遺卻了當年初出茅
廬的野心勃勃是如何干雲豪情！

　　我只記得那段時光裏我讀了好多好多的詩。

　　買的、借的、租的詩集一大落，比課業上要讀的教科書還多。我的青春
年代裏，周夢蝶、瘂弦、鄭愁予、楊牧、余光中、商禽、辛鬱、向明、羅
門、蓉子、管管、張默……前輩世代的堂奧，都離我還不遠，成落的詩集是
生活閱讀上的養分來源；四年級詩人掌握著文學報刊媒體的重要關隘，與其
頻繁的社交請益，從人、從詩深刻地認識了現代與當下；五年級世代的我們
這輩同儕，積極辦同人詩刊、群起攻陷文學獎、叫囂著要佔領詩壇，大夥意
氣風發、眾志成城，青春氣焰彷彿即將燒遍全世界。

　　當年我還在效命軍旅，雖隔著鐵網圍牆，卻努力翻越隔閡，參與詩活
動，廣泛汲取不同書寫類型的詩人的詩藝精髓，甚至模仿其路術、其技巧、
其意象，一路跌跌撞撞、朦朦朧朧地建構著我自以為風格的「風格」。

　　真的無法諒解為何要投注如此龐眾的閱讀量後，卻只代換（或生產）來
短短數句數行的詩；誠然我對詩寫作的簡易度勝過其它文類（純以字數多寡
而言），但無法忘懷的仍是詩的迷人正隱藏著自己對文字的居心叵測和隨心
所欲，其之妙不可言，印證詩中敘述假設預言抒情的海闊天空，絕對令我流
連忘返。然而，這絕不是依循「寫詩的一百種方法」便能獲致的樂趣。

　　然而我還是不敢確定一提起筆來，就有種不知饜足的神態是不是就是大夥公認的所謂「孤傲」的表情。曾經，或絕句或律詩的讀過許多古代詩人的作品，怦然悸動地發覺他們的作品幾乎都是齎志以全家國的傳世鉅作，磅礴氣勢包裹著可以生死相許和換取的豪情壯志，橫在籍典冊書間，簡直像立了抵天的圖騰，「孤傲」得高不可攀。而我仍死守從生活周遭或愛欲情戀等小小觀感出發的詩而顧自憐惜，何以與其匹敵並駕啊？實在覺得悲哀、汗顏。

　　對自己不甚滿意的詩作來說，我承認作品裏當然無可避免的沉溺於瑰麗、晦澀、詰屈聱牙的文字堆中，以過度誇飾和神化詩中意象的偉大程度，建構堆迭起聊以自慰的一首首詩，甚至一冊冊詩集，但靈感們卻悄悄自筆尖漸漸流失，愈益枯竭……所以，隨手筆記下閃越思考邊際的一點點突發其想，便逐字逐首逐冊地成為我所主宰統御的印象王國的詩全貌……

　　可是並不是所有的靈感都將在時間裏錯失變質，誠然，當靈感的生產次序發生混亂矛盾，並且向歇斯底里的臨界點默然挺進時，我可以清楚感覺到詩就將來訪了。遂縱容筆觸自由選定一個適宜時機，根據情勢和文字的推論，用浮泛的所謂意象的集合去包紮一個虛構的詩主體。結構上，詩標榜的不過是語言加上形容靈感乘以想像的綜合體，我是這樣誠懇而全裸的思考者。

　　寫詩，其實也是某種心靈建構的工序歷程，在我另一本詩集《單人都市》裏的詩序〈心底那座金字塔──自我結構解析〉就相當程度地剖白了這項工程的艱難──

　　　　荒瘠的心漠
　　　　決定建一座金字塔，破土前
　　　　工地左邊散堆各種規格的志願和
　　　　　　　　　希望；右側
　　　　草草搭起的鐵皮工僚前
　　　　則排滿虛榮、市儈
　　　　、狡猾、驕傲，而屋內辦公桌上卻還擱著
　　　　藍圖及一大疊標售浪漫的議價單

尚未採購來裝潢

　　（此地即將上演

　　　　陽剛豪邁的角錐體落成盛況。）

原應通過底層的前世今生來年

為使真更真善更善美更美

遂重新評估設計。繞道周邊

哇，十六線道的成功

堂堂貫穿我的偉大

　　（面積萬坪、丈深的地基

　　　　恰巧建在我的寬容上。）

自噩夢河流域的熱帶雨林

運來數以萬計的岩塊，然後

依照喜怒哀懼愛惡欲的情緒層次

級級堆疊。嗯

我定要去尋那自心靈意象反射出的彩虹的源

　　（每一塊巨岩夏都壓著我每一次衝動後的抱歉

　　　　　　　　　　　　　　與後悔。）

　　　　　　鷹

　　　　　架筆

　　　　直地撐

　　　　起雄心壯

　　　　志並用鉚釘

　　　　將道德規範與

　　　　現實銜接硬插入

　　　鬆軟地質上我忙著

　　　　施工進度的百分

　　　　　比有關建構中

　　　　　　被破壞的秩

　　　　　　　序則無暇

　　　　　　　　表達那

　　　　　　　　　種孤

　　　　　　　　　　寂

　（傾斜的角度始終離不開我慾的原始。）

失戀的震災

靠我最近。災後

活埋了我往昔的輝煌

幾隻憂鬱凜然飛過鋼樑切割過的那片早已荒蕪的蒼穹

……不甘就此毀滅

索性加重虛愛假恨的混凝調和比

重新一層一層往上興造我不為人知的堅強

　　（在心的疆域

　　　　任意標註一塊塊痛楚備查。）

廣場前栽植了數棵光禿禿的誠懇

間雜排列。中央擺著微型噴泉

卻無力地灑著軟性曲線的徬徨遲疑

整個園藝造型

一眼就可洞穿我不時要潰決一下的騷動

　　（每每爆發後，塵埃落定

　　　　唯一倖存的只剩我的純潔。）

竣工的那晨

我同時開一百扇窗

推走塵沙飛揚的積愁

慎重挑選向陽的那一面

脫下霉了的落魄攤開來曝曬

也將陰貯在百寶箱內雜繪的

憂患意識、矛盾、愛、罪以及

許許多多褪色無光的情懷

搬出來分類妥當再裝箱收藏……

至於隆重的剪綵儀式是否舉行

一切聽天由命

（今生合約未結，仍須

集思廣益；深考熟慮

務使心底那座金字塔更壯闊雄偉更英烈千秋。）

詩裏，「志願」、「希望」、「虛榮」、「市儈」、「狡猾」、「驕傲」、「浪漫」、「喜怒哀懼愛惡欲」、「抱歉」、「後悔」、「雄心壯志」、「道德」、「孤寞」、「憂鬱」、「輝煌」、「虛愛假恨」、「堅強」、「痛楚」、「誠懇」、「徬徨遲疑」、「純潔」、「積愁」、「落魄」、「憂患意識」、「矛盾」、「愛」、「罪」……等表達心靈樣態的情狀詞，都是建構詩的材料，這些情緒左右了詩創作的深刻度，其也無形中形塑了我初初隱約成型的詩觀。

詩裏，大家都讀到詩人自我王國裏，一場用豐富意象貫穿的筆事。我也讀到了、讀懂了屬於詩的我自己。

久而久之，深潛文學種種，我用思考所豢養的動物園裏的文字想集體飛走，靈感也想全數搬離，遠離世俗塵囂，回歸心靈原鄉。倚著詩建構的國度，我的原始自戀再也無法繼續支撐全部重量，遂只能在詩裏盲目莽撞尋索療傷的藥方和一百種親近文字血緣的線索……，其實正也是創作力漸弱、創作量減少的主因，而我始終欽羨感佩如余光中老師之輩，迄至耄耋之尊仍然

詩興勃發、詩意豐沛的堅卓，每每拜讀到老前輩所新寫的任何一首詩，我總
屢屢汗顏且埋頭自勵。半百已過，亦覺詩創作裏與生命年歲的感歎根觸更多
了、更頻繁了，一如近作〈很中年以後──五十我述〉所娓娓而述寫的：

> 我們都哭了，情緒很濕，反手輕撐，日子自指縫滲出
> 如濃湯如稠羹如蜜汁如膩漿，澆淋一千畝生命旱地
> 因而引來風狂雨驟掃掠，災情乃至潰決。雖然清心寡慾
> 淚意仍隱隱發臭，潮洧裏有歲月傾盆之後淤積的未行完旅程
> 回憶踐踏過的莽原，足跡分外雜遝。更早前，巨大的夢想
> 剛剛匍匐過年月之間的遍地荒蕪，喋聲躡步地挪移
> 當回首我們小小的黑黑的髒髒的，青春，不過一樁世紀末而已
>
> 原以為只要眨一下窗，就可以讓鳥語花香成群飛舞進來
> 在心殤停棲築巢，造一回早春，並博得更翠更盎然的晚景。
> 我們都太天真，不顧年歲的攔阻，大肆搜括回憶裏的凝望和鳥瞰
> 以隨時都可推出美不勝收的聯展，來布置狂歡會裏的冷冷清清
> 同時也取悅孤獨們。時間如粗礪搓磨，總會刮痛弄皺我們的尋常壯志
> 而我們理當承受如許苦楚，如餓胃如敗血如瘋軀如枯骨
> 宿命地收拾完盛世後的狼藉與斷垣殘壁，縱身躍入死的深井
>
> 衰老，遮翳了被光網住的後半段生命，只露出陰黯
> 一把便搶走了植在明亮處的美麗景致。一路匆匆趕赴
> 我們只能在路過的江湖間，莽撞闖蕩行旅中的叉路歧途
> 重新繁衍早經失傳的遺願，預習悲劇祭典。再繼續趕赴。
> 我們默默整理自己稀奇古怪的收藏，如榮辱如悲歡如愛恨如勝敗
> 一件一件排妥展示一萬種滄桑。此刻暴風雨和晴霽陸續抵臨
> 我們因此回不去了，推倒一具具雄偉和巍峨，橫擱著，無言以對冢墓
> 也不再與歲月起紛爭，放下前世來生，只用最柔緩的注目
> 閱看一篇冗長論述前的簡短序言，瀏覽一輩子。

而我們繼續相互取暖，共等一個遙遠、曙色淺薄的黎明。
那麼多永夜圍觀我們的節慶，光陰繼續每一分秒滴答湧入
溢滿生命，所以我們夠富饒了。蹲下來撫慰愛
從從容容就說服了每一件往事都安然卸妝，甘願裸著
所有喧譁都將漸漸靜寂，如瘖啞如聾聵如瞎盲如殘瘸
不再惦念告別式上的南柯或黃粱，靜靜沉睡，在回憶裏夢眠。此後
為自己摘一朵童心，好裝飾身世裏曾經鍾情的，所謂、無所謂

是哀歎、是反饋、是惜憐，當也是沉潛回顧之後向前瞻望的新開啟。我如此繼續對於生命、對於詩自我策進著。

寫詩的一百種方法至此簡單自敘完畢，很抱歉，我並不是依循這些看似簡單易懂，實際上卻躓礙難行的諸多拙劣方法下筆的，我只是糊裏糊塗、傻裏傻氣、誠誠實實、掏心掏肺的蹲伏在詩前，全心全力雕琢我自己而已。

至於這篇文字所傳述我之於詩創作歷程中，種種不同質地的觸因、靈想和印象，容或偏激、容或殘缺、容或醜陋，乃至容或溢美，但都真實無欺，就當作是我汲汲於詩文字的淑世藍本罷！

2016.8.15 改寫

方　路（1964－）

　　原名李成友，馬來西亞人，祖籍廣東潮安，檳城大山腳日新獨中、臺灣屏東技術學院畢業。曾獲時報文學獎新詩評審獎、花蹤文學獎新詩首獎、大馬優秀青年作家獎、傑出潮青文學獎。詩作選入《中國新詩百年大典》、《臺灣詩選》、《馬華新詩史讀本》、《馬華文學大系》、《馬來西亞潮籍作家詩選》。著有詩集《傷心的隱喻》、《電話亭》、《白餐布》、《方路詩選Ⅰ》，散文集《單向道》、《Ole Cafe 夜晚》及微型小說集《輓歌》。曾任花蹤後浪文學營新詩講師、武吉文學營新詩講師、現任星洲日報高級記者、星洲日報《閱讀馬華》專欄作者及馬來亞大學深耕小說課程講師。

如果一個人沒有詩，和
骷髏沒多大分別

一

詩，是一種原生的語文，在環境和自然變化中，有它最準確的捕捉功能，通過詩，可以讓人最接近原始蛻變，包括季節、氣候、溫度等的領悟。詩，原本是生活中最具體的說明書，但目前的環境快速發展，讓人忽略了詩的本質，如果不及時對詩的維護和辯解，很快會淪為通訊語言就是詩的地步。

在生活中的接觸，曾經擁有過豐富的詩世界，這也是讓生活有機會提升為美學的架構的條件之一，對一景一物，有更飽和的想像，對一生一世，有更飽滿的期待，只有詩，可以讓人對活著，有了不同層次的要求。

如果在生活中失去詩，很明顯的，一個人的意識形態，只是一具不講究感性，沒有抒情，失去真善美的軀體；一個人，失去和詩建立關係，一個人的活著，或說生命，實際上和躺著的骷髏沒有多大的分別。

二

人的一生，不斷在生活，生活，當然有不同的磨練、煎熬、挫折、苦難，如果用詩的語言，就可以說：「一生受苦受難的靈魂」。但這麼磨練、煎熬、挫折、苦難一旦能在生命中昇華為閱歷，這時，更能看到具體的美，有時是一道疤，經過時間，就變成克難的圖騰。

我本身在詩學的追求、探索，在很大的程度上，都是依照人和生命之間受到的碰撞程度所激發出來的火花的對話。

詩，對我來說，變成是用來應對人生經歷的回應，把所經歷的一切，盡

可能用最準確的文字刻記下來。

我不斷努力的通過詩，組合屬於很個人的形象，這些形象是涉及到生命的最初、成長和蛻變，當我可以用詩來規劃生命的刻度，實際上，我就不再擔心詩和我之間是否會永遠相伴或訣別的問題。

三

在旅途上，我通常選擇和詩在一起，帶上詩集出門，漸漸的，詩變成一個伴，可以在旅途上互相傾訴，這些傾訴回音，有時就像沿路聽到的蟬鳴，很踏實的存在。

有一次，我一個人踏火車遠行，從馬來半島的吉隆坡到東海岸的道北，這一趟火車行程，長達超過四百公里，車廂沿著軌道，一站站行，一站站走，經過了無數的村莊和原鄉，逾越有一百座橋。

這個行程，我記得只帶上一本詩集，就是楊小濱的第一本詩集《穿越陽光地帶》，在晃動的車箱，從白天到晚上，從晚間到日出，我借用走廊的微弱的燈光和窗外一明一暗的光影，展讀詩頁，和詩和詩人進行最貼近的接觸和交流。

四

我曾經妄想著，要在這生建立一座屬於自己的詩館，允許自己躺著和天和地和雨和原野對望，讓有涯的生命化為無涯體，可以從容翻山越嶺，可以不畏翻雲覆雨。

這詩館是一種象徵，讓自己找到位置，完成了生命的航道。

雖然這樣說，是充滿玄學和形而上學的概念，但在生活具體的實驗中，這何嘗不是應對百變世間的恆古定律，一切都需付出最大心力，最細膩的心細，為了尋找環境和自然變化中，最原生語言的特質。

嚴忠政（1966－）

　　臺中市人，逢甲大學文學博士，曾任國立嘉義大學駐校作家、惠文高中特約作家、南華大學職涯顧問、臺灣文學館「文學教室」講師、《創世紀詩刊》執行主編，現為「第二天文創」執行長、中文系助理教授。新詩作品曾多次獲「聯合報文學獎」、「時報文學獎」、臺中縣市文學獎等，著有《玫瑰的破綻》、《前往故事的途中》、《黑鍵拍岸》，編有《創世紀60年詩選》，並致力於「教具型桌遊」之研發，作品已獲經濟部智慧財產局發明專利。

遙遠的抵達
——形式美學以及保全我們的神祕力量

> 我不喜歡對著一個形狀呼吸
>
> 她從來不是一個形狀
>
> 可是她有輪廓
>
> 可以被鋼琴描述
>
> （嚴忠政〈海〉）

　　我該如何描述一個似有若無的「個人詩學」。

　　一般而言，詩學論述屬於邏輯的語言、科學的語言；但「詩」的語言則不然，很多時候它是抽象的、神話性的語言，意念的變化隱含在活性的變化中，它是流動的，有賴讀者從語法的改變中去掌握它對「內在生命」的指點性。這種「自身俱足」的美學狀態，可能只有「詩」自己可以證明自己，詩人是否還可能以詩以外的語言來說清楚個人詩學主張呢？

　　或許就像，就像關於「海」的描述。

　　海從來不是一個形狀，但是可以被鋼琴以不同的感官來描述。更重要的是，我不喜歡對著單一的形狀呼吸；就像我不喜歡「一個符號意義」只有「一個指涉」。

　　但為了描述我眼前的「海」（詩），我必須拿出「可能的量詞」，用某種形式來指稱海的種種，事涉海的遼闊和海的特質（文學性），並且用一些小小的操作，試圖抵達彼端，說出自己的美學歷程。如果可以，那麼我要道說的，就是處理手法的問題——一種具有美學功能的文學處理手法（device）。

一 美感經驗的「經驗」問題

美感經驗中的「經驗」是一種「內在現實」，而非物質界的「外在現實」。

我這裏所謂的「經驗」，它不會簡單只是個人過去心智活動的總和，而是一種「我們從活動中抽繹出來的意義」，特別是對個人的「意義」，存在於個人的意識中，雖然整個心理狀態和活動都可能成為經驗，但是只有「部份材料」出現於個人意識的表層。[1]其間，思想主體所選擇的「部份材料」，尤其是「文學美」最後感象的過程，詩人只作局部的體現，它屬於抽樣的演繹，其它大多留待讀者以「填充」的方式表現出來。雖然說種種形象未必象徵某種通性，但可利用經驗的「變形」、「延續」推想出來，但畢竟還是個人「經驗」，讀者對於材料的「斷裂」不免會有不同的填補。此斷裂若為「誤讀」自然是有生產性的，但如果讀者對文學「再經驗」的理解（感覺活動），只留在原始經驗的層次，自然無法引發瞬間的認「知」。也就是說，談「美感經驗」中的「美」和「感」，不能忽略「感」的作用。

以主知的「超現實手法」為例，創作者雖然以現實為材料，但通過作者獨有的想像力以及違逆的語法，最後呈現於讀者眼前的，已非原始經驗的層次，但卻仍隱含、甚至更「深化」原來的思想。所謂超現實，實可視為「比現實更接近現實」的產出物，只是產出的過程──「超現實化」的過程經過抽繹，與現實主義所秉持的「客觀描繪外在現實」，便有了美學接受上的差異。而筆者雖然並未標舉「超現實手法」，但詩中對於世界的認識，已非「外在現實」，而是「內在現實」。即便是「時事詩」的書寫，也不應該只是

---

1 關於文學研究的美學問題，特別是「美感經驗」的問題，高友工先生曾有過精闢的闡述，筆者這裏只就個人在書寫歷程上的覺察，概說自己的「書寫模型」（如果這模型是可以建立的基本框架）。其它有關美感經驗的「經驗」問題，請另參見〈文學研究的美學問題〉，李正治《政府遷臺以來文學研究理論及方法之探討》，臺北：學生書局，1988，頁137-167。

「外在現實」。如果缺乏心靈力量的投射，以及文學的處理手法（美學階段），在新聞事件過去之後，「詩」還剩下什麼？它與「新聞報導」何異？因此，透過書寫，再度經驗過去的經驗，「再經驗」不再是認識性的，而是戲劇性的。

至此，「經驗之說」與「形式」（或處理手法）有何關聯呢？

「經驗」作為文學的「內容」，直接或直白的揭露自己的想法（觀念、概念）都還不是「詩」，「詩」是要經過一些具有美學功能的文學手法來處理的，我們可以從意象化、語言、音樂性來「感」知它的「美」學階段，並從連續的、有機的美學歷程獲致深層的情緒反應。因此，「美感經驗」不只是讀者賞析作品時的「感覺活動」，實乃我輩於「書寫」時便已啟動的心智活動，它將「外在現實」轉化為「內在現實」。例如，「一隻斑馬死在斑馬線上」、「星辰斷句過的河階／幾株接骨草安排著自己的哀愁」都不是可具體示現之象，而是存乎我心的內在現實。

二　「意象化」的美學歷程

「意象語」是經作者情感和意識加工後，由一個或多個符號對等系統組成的語言，是詩意自足的基本的結構。而「意象」有其「意象化」的過程與動能，透過「意象化」的加力，一個名物或概念（一個「物象」或一個「語象」[2]）才被作者賦予特定情感與意義。也就是說，意象是一種普遍存在於文學作品中的陳述狀態，它是轉換情志、概念為審美經驗和人格情趣，加工賦予特定意義的一種文學處理手法。

2　「語象」是詩歌本文中提示和喚起具體心理表象的文字符號，是構成本文的基本素材。所謂喚起具體心理表象，例如：王安石「春風又綠江南岸」的「綠」，賈島「僧敲月下門」的「敲」，都不屬於「物」，無法用「物象」來指稱，但它們確實能喚起一種心理表象。而「物象」是語象的一種，特指由具體名物構成的語象，所以它是一種客觀存在，例如：山、月、茶匙、咖啡杯等具體名物。（參見蔣寅《古典詩學的現代詮釋》，北京：中華書局，2003年，頁27）。

　　詩人使用意象語，取得文字符號的單一對等，只是詩歌形式上的基本手法。雖然單一符號系統的「對等」已足夠敘物造奇，創造出前所未見的新意象，但若就此止步，一個符號只有一個穩定的指涉，「一首詩」成為一個框限，那麼，藝術之姿不免貧乏。

　　我希冀追求充滿流動性的意象。它一方面要能在游移中填補意象的斷裂，使之在交綜復合意象中拉出一種可以神祕應合的可能，有時「所指」（signified）等於是一個似在（而非在）的影子，營造出迴蕩、推遲的美感。

　　文字符號的迴蕩和推遲，也如海潮般的符號模式。文字像海浪一般，符號的主體意義在線狀延展的過程不斷崩壞與再生，而意義的生成過程有無數迴路，其間的喻依都可能成為新的喻體，作為其它符號指涉的對象，或據此「派生」其它意義。

　　然而，意象是轉換的結果，太多轉換，一般讀者很難切換回來；或者說，這個世界流行趨光，網路更是直白。詩人如果沒有孤獨的決斷力和符號的神祕應合，所有美學歷程也只是展現自我的「更孤獨」。

三　新詩的音樂性與「聲音」閱讀

　　新詩的「音樂性」雖然是抽象的感知過程，但這樣的「個人弦音」並沒有在新文學以新形式出現之後就隨之消失。特別是抒情成分較重的詩歌，音樂性更在其中：字音組合、斷句分行、語言輕重，其聲響組合猶如披以管絃。

　　也就是說，新詩雖然沒有古典詩裏原本工整的格律及音質，卻更有賴於作者的音感與讀者的主觀感知。新詩不是沒有格律，而是每一首詩都要由作者自創格律，寫下相對於主題韻致的個人情調與音節。

　　我們可將「音節」的「音」視為文字的「聲符」變化，就像字和字的「組合音」是帶有旋律的，特別是單音節的象形文字系統，恰如鋼琴鍵盤的每個單音（鍵），每個字都具有不同的音色，當它們做出不同的排列時，不同的文字便組合出不同的旋律。再配合句式長短，長短參差的詩句，便產生不同的節奏（音節的「節」）。可以說，新詩的音調和節奏，提供了詩歌相當

多的音樂性。若再加上「跨行間句尾字發音的規律性」（韻腳），以及文字（每行）音階的高低起伏（抑揚頓挫）所形成的聲調線就更趨近於音樂了。

　　然而上述的「節奏」也只是形式上可見的「外在節奏」。新詩的音樂性應該還包含它的「內在節奏」。這裏所謂的「內在節奏」，實證上我們並不能像彈奏鋼琴那樣以「節拍器」來計算它的音節長短是否合度，因為詩中的節奏是詩人自己所服膺的語感，不同於外在的音樂性。而且「內在節奏」是一種個人弦音，除了上述所謂的「字與字的組合音」，詩人在處理句式之餘，應再照顧到意象的濃淡與閱讀呼吸。

四　新詩的語言

　　這裏所謂的「語言」不是指地域性的日文、英文或德文，也不是所謂的文法，而是構成詩歌質地的用語。此用語包含敘述方式、語法的重組（語序）、意象語、特殊的語氣和情調，簡單說，就是你用什麼方式去「說」，至於說些什麼，反而不是最重要的。（如果是要承擔敘事，我們已經有小說和散文了。所以詩的問題，主要還是「語言」的問題。語言處理好了，也是為了說出藏在故事背後那些幽微的情感（內容）。

　　由於生命經驗與美學感受都是具有高度指點性的，它們從來都不是簡單的大命題，也不是科學的語言可以用一時的語法時態可道斷的，而「語法不定」的詩語言正好適合用來處裏生命的細微與流變，並將現實感通過語言的再處裏演繹為美學歷程。至此，新詩之「說」已然不是日常的邏輯用語，它遵守的是內在現實的那個邏輯，而語言輕重也如「量體裁衣」，應隨主題觀照而變化，有些語言較重（重如崩雪），有些語言較輕（輕如窗霧）。尤其，單音節的中文象形文字系統和「印歐語系」的拼音文字系統，在語言型態上本來就有著很大的不同。印歐語系的文法有格、式、時態，所謂「進行式」和「完成式」的判別有一定的形式邏輯，語句的意思可由句子的結構型態分析而得，句意較穩定；但中文重在詞意本身的掌握，詞和詞之間有更多組合的可能，新詩要掌握的是，「意念」的變化。也就是說，中文不同於拼音文

字，意念的變化隱含在活性的變化中，它是流動的，有賴閱聽者從語法的改變中去掌握它對「內在生命」的指點性。如此一來，說是中文沒有結構嚴整的文法，其實少了文法的框架，語法的靈活度更大的結果，可用的文學表現手法反而是更多了。

五　結語

　　新詩的語言有著離散的美感，像海那樣；或者你喜歡自由，就像遺忘。

　　遠方時遠時近，意象也在擒縱之間，透明，競合，有時嫻靜，有時張狂。然而都是流動的，自由的，即使被寫下來的一瞬，符號的延異（Différance），詩歌注定要被推向另外一種藍。即使簡單的幾個字，一旦賦予了特定的概念，「藍」就不再是一種顏色或想望。因此，我的「第二天」不會是你的「明日」，而站在沙丘起誓的手──從昨日海象歸來的「我」，乃至被一百次海誓背棄的「妳」，那隻手，可能都是我詩中的儡人掌。你不忍，不忍看明日浮沉？那麼，我來改編細雨好嗎？雖然一切都是我們難以掌握。

　　保羅海吉斯編導的電影《The Next Three Days》，其中有一段話語，這也是我經常意識到的。他說：「我們花許多時間設法組織這世界，我們創立時鐘和曆法，我們試著預測天氣。不過我們生活的哪部分，真正在我們的控制下？」是的，不只是現實世界，有時候我會覺得「那些詩」不是被我寫出來的。很早之前，它就已經單身在那裏了。其中，以「海」給我的感覺最直接而神祕。

　　「那麼，我是不是該回到那個地方，接近那最初的東西。」

　　真的走在海岸線，海的近況不會只有藍色知道。

　　所有乖離，木麻黃和草海桐可能比船更知道。對戀人來說，就像失去之前的他們應該談過一些動詞；對創作來說，公路站牌標記的地名與時間，可能不是唯一的現實──久遠以前，我已經抵達，或者它只存在於書寫裏。沒有其它人，沒有和我一樣孤獨的人，看見這樣的海煙與荒地。

　　海不屬於誰的。如果有太多可能，不如保持「單身」狀態。單身也意味

著我們都可以是追求者，用一點曖昧來寫，來讀，從最遙遠的一方，來到最接近自己的地方。

林素玲（1966－）

　　出生、成長、受教育於菲律賓。現任菲律濱中國華東聯誼會發展主任、馬尼拉人文講壇副執行長、菲律濱宋慶齡基金會理事、菲律濱華文作家協會理事、菲律濱博覽國際傳播公司經理、菲律賓佛光三好學校教務主任、世界華文作家交流協會會員、國際佛光會菲律濱協會副秘書長。曾任菲律賓人間佛教讀書會執行長、菲律賓青松國畫研究會副會長。中小學畢業於能仁中學，聖大數學系學士畢業，拉剎大學研究院商業管理碩士進修。先後任華校教師、上市公司採購部經理、企業財務等。曾任亞太大學顧問並代理「精英讀者」國際教學坊。業餘喜愛書畫和寫作，積極從事藝文、佛教、公益活動，已出版微型小說、詩文集八部，譯著六部。多次參加海內外書畫聯展，入選畫集；繪畫與寫作曾多次獲獎。

一詩一世界

一　詩的寄語

　　我算不上詩人，但我喜歡讀詩，因為在「詩」的世界裏，我看到「寺」的寄託。把「詩」字拆開，便是「言」字和「寺」字的組合。我在每一個字、每一行裏看到一個世界，一花一葉的禪機。

　　「寺」在哪裏？無需外求，就在你我的心地裏。

　　「寺」走出了人們看到的山水相框，在空氣裏與你我同在，讓我們漸漸發現「山還是山，水還是水」。

　　一部《心經》就是一首很完美的詩，「……色不異空空不異色／色即是空空即是色／受想行識亦復如是／／舍利子／是諸法空相／不生不滅不垢不淨／不增不減／是故空中無色／無受想行識……」。

　　常聽吟唱無門慧開禪師的「春有百花秋有月，夏有涼風冬有雪；若無閒事掛心頭，便是人間好時節。」簡單不複雜的字句，卻是我們一生忙碌最終嚮往的生活目標，到頭來也不過是一個簡單不複雜的「日日是好日」的美好心境。

　　小時候父親唸著「手把青秧插滿田，低頭便見水中天；六根清靜方為道，退步原來是向前。」曾經認為是以賣蔬菜為生的父親想要告訴我們農夫如何種菜的姿勢，同時也要我們做人能退一步海闊天空。後來才知道那是布袋和尚的詩偈。

　　星雲大師在《星雲說偈》裏解釋，「手把青秧插滿田，低頭便見水中天」，是形容一個農夫插秧時，一把把青秧插滿田，低頭看到水面漾漾的藍天，也看到自己！一般人的通病是：只看到別人的短處，看不到自己的過失。水中天如鏡，人要自覺自悟，使本性清澈顯見，才能夠「六根清淨方為道」，使自己的眼、耳、鼻、舌、身、意六根，不被外面的色、聲、香、

味、觸、法六塵污染，時時保持自性的清淨，就是道，就是修行了。「退步原來是向前」，頗有哲理意味。「退步原來是向前」是似退而實進；領悟四大皆空而做到觀境、觀我、觀物、觀心、觀人都自在。[1]

　　佛教許多詩偈都蘊藏著無限的寄語、生活的智慧。比如無盡藏比丘尼的「終日尋春不見春，芒鞋踏破嶺頭雲；歸來偶把梅花嗅，春在枝頭已十分。」這首詩偈很多人吟詠，同樣的在描繪一意境中，讓人體悟到古德的「佛在靈山莫言求，靈山只在汝心中」。

　　「信堅園地」解說其中含意：世人都在心外求法，用眼睛追求聲色美，耳朵喜聽各類音聲，鼻子聞香嗅辣，舌頭喜嚐甘甜滋味，身體喜愛柔軟觸覺，心裏喜歡各種分別。一顆心，每天都在追逐六塵（色、聲、香、味、觸、法），迷魂失魄。而禪師們卻只要一閉眼睛，不看、不聽、不說，當下整個宇宙就都在他心中了。[2]

　　再看看蘇東坡的「橫看成嶺側成峰，遠近高低各不同；不識廬山真面目，只緣身在此山中。」山是橫的還是豎的？好像《瞎子摸象》的寓言故事，是否只摸到一個部份而以為大象的長相就是如此罷了？只站在某個角度看風景，看到的風景自然會有差異。身在眾中的我們，更不易看到自己，做到「旁觀者清」。於是「信堅園地」分析如下：「廬山是座丘壑縱橫、峰巒起伏的大山，遊人所處的位置不同，看到的景物也各不相同。這兩句概括而形象地寫出了移步換形、千姿萬態的廬山風景。因為身在廬山之中，視野為廬山的峰巒所局限，看到的只是廬山的一峰一嶺一丘一壑，局部而已，這必然帶有片面性。遊山所見如此，觀察世上事物也常如此。廬山是座丘壑縱橫、峰巒起伏的大山，遊人所處的位置不同，看到的景物也各不相同。這兩句概括而形象地寫出了移步換形、千姿萬態的廬山風景。因為身在廬山之中，視野為廬山的峰巒所局限，看到的只是廬山的一峰一嶺一丘一壑，局部而已，這必然帶有片面性。遊山所見如此，觀察世上事物也常如此。」「人們所看

1　《星雲說偈》，http://big5.xuefo.net/nr/article8/78416.html

2　「信堅園地」網頁，http://www.worldofmastermind.com/彝p=163

到的萬千異態畢竟是局部景緻，而並非廬山的本來面目。原因就在於遊人未能超然廬山之外統觀全貌，一味山間留連，見木不見林，自然難見其本像。有一個人有七頭牛，他在牛背上數牛，怎麼數都少了一頭。不放心地下來重數，沒錯啊！是七頭牛。再跨上牛背一數，咦！怎麼又少了一頭？ 這就叫忘失自己，一如身在廬山不知廬山真面目。如果我們能跳出身心的桎梏，從宇宙的眼光和角度來看，就能看到自己的本來面目，認識人生的真相。」[3]

再看看詩人王維的〈終南別業〉：

> 中歲頗好道，晚家南山陲；
> 興來每獨往，勝事空自知；
> 行到水窮處，坐看雲起時；
> 偶然值林叟，談笑無還期。

還有那一首《過香積寺》：

> 不知香積寺，數里入雲峰。
> 古木無人徑，深山何處鐘。
> 泉聽咽危石，日色冷青松。
> 薄暮空潭曲，安禪制毒龍。

那句「行到水窮處，坐看雲起時」很熟悉，也特別喜歡。在生活中遇到瓶頸時，就像走到好似沒有水的盡頭，但是別忘了還可以觀雲，有時候是該坦然接受和放下，有時候更要體悟到水成就了雲，雲又成就了水。詩的寄語我們聽懂多少？水窮處，還有雲在。有了雲，就不怕沒有水，有了水就有生機。多美的禪意！

查看《佛光電子大辭典》，「毒龍」指「釋迦佛於過去世中作大力毒龍時，為行菩薩道而作布施、忍辱等六度行。據大智度論卷十四載，此龍受戒後，出家求靜，入林樹間，因思惟久坐而疲懈入睡；獵者見其身有彩紋、七

3　「信堅園地」網頁，http://www.worldofmastermind.com/?p=163

寶雜色，遂起貪念，以杖按其頭，以刀剝其皮；龍身強力大，自念若欲傾覆一國，易如反掌，何況僅是一獵者而已。然彼以持戒之故，不吝惜其身，遂眠目、閉氣，任獵者剝取而無悔意。既失皮後，欲入水中，見諸小蟲來食其身，彼為佛道之故，復以其身餵施諸蟲，並思惟他日成佛時，將以佛法度化其所布施之眾生。龍發此誓願後，即身乾命絕，生於忉利天上。」[4]

「安禪」則指「安住於坐禪之意。」[5]深入理解王維的「安禪制毒龍」，原來是指「佛法可以制毒龍，亦可以剋制世人心中的慾念啊。「安禪」為佛家術語，即安靜地打坐，在這裏指佛家思想。「毒龍」用以比喻世俗人的慾望。」[6]

佛教的「貪瞋痴三毒」需要靠禪定、觀心來降服它們。若再欣賞道川禪師的〈畫〉，「遠觀山有色，近聽水無聲；春去花還在，人來鳥不驚。」聖嚴法師解釋「春去花還在」的境界，形容悟境現前以後，從此就不再退失。「人來鳥不驚」則是一位偉大的禪師的心，已經是智慧而不是煩惱，所以將永遠保持著靈明朗耀、了無罣礙的悟境，在任何境界出現時，都能絲毫不受影響。[7]

不能小看幾行句子，除了欣賞與吟詠，透過詩的寄意帶給我們人生的啟迪。

二　生活是詩是禪

詩在哪裏？不光在文學裏，而是在每一個人的生活中。

禪在哪裏？不光在佛學裏，而是在每一個人的呼吸中。

　《佛光電子大辭典》頁數：p3328；http://www.buddhistdoor.org/tc/dictionary/details/%E6%AF%92%E9%BE%8D

5　《佛光電子大辭典》頁數：p2409；http://www.buddhistdoor.org/tc/dictionary/details/%E5%AE%89%E7%A6%AA

6　詩詞名句網，http://ft.shicimingju.com/chaxun/all/%E7%8E%8B%E7%B6%AD

7　聖嚴法師文摘的博客http://blog.sina.com.cn/s/blog_a2a1aefd0102vxww.html

生活是詩，生活是禪。既使不會寫詩，也要讀詩。詩中有禪機，詩中有生活。生活中有詩，生活中有禪。

拜讀鄭愁予前輩的〈偈〉[8]

> 不再流浪了，我不願做空間的歌者
> 寧願是時間的石人。
> 然而，我又是宇宙的遊子，
> 地球你不需留我。
>
> 這土地我一方來，
> 將八方離去。

喜歡讀詩，用自己的方式去分析欣賞，再回到詩人的詩句裏，懵懵懂懂地朗讀著，跟著詩句的畫面感受清涼的人間禪。我覺得鄭前輩這一首短詩，道出了身為人間行者的我們，在人間遊學，在人間尋覓、飄浮、流浪的種種情緣。在人間的時空裏，其實早已看淡並有所體會，也想當「時間的石人」，安住於永恆。只是凡夫的我們身不由己地不斷跟著時空流轉，或許從一個方向而來，卻可以重生在很多不同的世界裏。我想到佛陀的開示「欲知過去因，今生受者是；欲知來世果，今生作者是」過去自有他的因緣，但是未來重生的世界是我們今生寫下的詩篇，彩繪的畫面，建構的宇宙。

蕭蕭教授的〈懸浮的微塵〉[9]令人在心的那一面鏡裏反射喜悅的光芒；

> 懸浮的微塵
> 靜靜穿過大漠、海洋

---

8 鄭愁予詩選，http://teacher.whsh.tc.edu.tw/huanyin/mofa/c/cheng2.php

9 臺灣蕭蕭的個人空間，http://www.writingsingapore.com/?uid-5561-action-viewspace-itemid-15278。

落在草葉枝枒

會鳴會叫的青蛙沒有覺察

懸浮著的微塵

靜靜穿過髮線、眉尖

落在鼻樑

帶著雪花一樣的微涼

失神的雙眼選擇了遠方的空茫

懸浮了很久的微塵

靜靜穿過唐朝的風宋朝的雲

落在一方琉璃的鏡面上

懸浮了很久很久的微塵

穿過明清少人翻尋的小品

靜靜落在一方琉璃的鏡面上

我用食指靜靜抹除

那不再懸浮的微塵

鏡子依然明亮昨日的明亮

不曾記憶一群微塵

懸浮的模樣

　　讀詩，要能打開想像力之門，享受千千萬萬的微塵奔向空中懸浮，在因緣和合中示現生滅來去的微塵相。《金剛經》云，「諸微塵，如來說非微塵，又名微塵」。懸浮的微塵，不被青蛙發覺的微塵，更顯得它的細微無常、幻化無性、恒河沙數、無影無蹤、無邊無跡。它們隨著念頭懸浮，從唐朝到宋朝，從明朝到清朝，從過去到現在，從現在到未來，當煩惱轉為菩提，它們在剎那間回到無影無蹤，無去無來，再慢慢咀嚼那句「菩提本無樹，明鏡亦非臺，本來無一物，何處惹塵埃」。[10]

10　六祖惠能大師詩偈。

最常讀的新詩是我同修王勇寫的，舉例〈高跟鞋〉：

> 托起來的世界
> 搖擺生姿
>
> 左一腳時尚
> 右一腳潮流
>
> 脫下鞋
> 重回人間的感覺　真好

還有《抽煙》：

> 點燃
> 口中的
> 瑪麗蓮夢露
>
> 明滅間
> 飄落寂寥的骨
> 灰

　　高跟鞋與抽煙是生活中再普通不過的東西，在詩人的筆下，竟畫出了虛擬與真如的世界，幻影與空有的意境。「脫下鞋／重回人間的感覺真好」如此令人感覺到踏實自在，「明滅間／飄落寂寥的骨／灰」一把將我們中夢中搖醒，怎奈我們又貪戀著夢中的瑪麗蓮夢露和被托起婀娜多姿的虛有其表。
　　生活中處處是詩，處處是禪。詩是禪的語言；禪是讀懂的生活。

三　為生命而寫

　　我沒有受過正式的創作技巧培訓，很幸運的我身邊即我的同修王勇，是

我寫作的師友。

我創作的方式是閱讀，讀人、讀物、讀事理、讀因緣、讀心，就像坐禪一樣，用心的聆聽心的喜怒哀樂，再用「六根」觀心，然後思考我到底想要表達的是什麼。

最近愛上閃小說和短詩，因為它細微如納米，卻又給讀者三千大千世界的想像和思考空間，在時間的長河裏拓展擴大。為生命而寫作，寫出來的是一滴水，留給讀者的是一片海洋。

對於詩的創作，我的詩只是初出茅廬，經過磨磨蹭蹭方才寫出來的。從對詩偈到現代詩的慢慢欣賞、消化、感受，再從閃小說領悟詩意的傳遞，我開始嘗試寫新詩。每一首詩，每一幅畫，每一篇文學作品，每一曲歌樂，都因為每一個生命而存在；而每一個生命體都因為有它們而展現活力。因此，我相信生命在，禪在，詩在，它們是生活的靈魂。

在此獻醜舉例自己的一篇閃小說〈四相人生〉：

美麗的清晨，伍珠出門前總要在梳妝臺前花上三、四十分鐘。先用唇筆把唇形勾好，塗上潤唇膏，再打開一盒進口口紅；選了幾個顏色，塗在手背上，慢慢比較哪個最適合身上的衣服。最後她選了鮮紅色，塗每一層時，便輕輕用紙巾印一印，塗了再抹，總共塗抹三次，最後用手指沾取口紅，將唇彩點綴在中央，然後再次加上一層無色唇彩。

伍珠每天在鏡前梳理打扮，弄了好久，自覺滿意了才出門。

有個小女孩和一隻小狗，每天固定蹲在伍珠住處幾米外的街道，向路人乞食。

伍珠每次經過，都會白著眼從心底藐視她們，偶而心情好，會掏出一枚硬幣，對準小狗的頭投過去。「哈哈，打中了！」

可能硬幣打在身上會痛，小狗汪汪叫起來，小女孩疼惜地撫摸著小狗。

「叫什麼？當心我把你吃了，畜牲！誰叫你們出生低賤，來世投胎記得要含金匙銀匙哦！」只見那得意的鮮紅口唇，不停的一開一合，小狗叫得更厲害了。

來到一個白色的走廊，伍珠長吐一口氣，不安的坐下來。

「伍珠小姐，哪位是伍珠小姐？」護士在走廊叫著。

「我是，我是，護士小姐，我沒事吧？一切都正常嗎？」

護士很嚴肅地說，「對不起，已是癌症末期，癌細胞已擴散到其它器官。這是您的報告單，真的很抱歉，改天您約醫生詳談吧！」

一時，伍珠蒼白的臉就如那道走廊牆壁，唯一的色彩便是那鮮紅的口唇。

「不可能，我出生富貴，注定要長壽的，我有在做善事，剛剛才投了一個硬幣給那乞丐狗。」

伍珠取出紙筆，上面寫著大大的「遺書」兩個字，「我若死去，請務必把我打扮得美美的，記得幫我塗口紅，鮮紅色的，否則我死也不會瞑目。」

〈四相人生〉如果改為詩或許可以如此寫：

在鏡裏

塗上一層鮮紅

再一層

光滑的唇彩

一層又一層

另一個我走出鏡中

偶而施捨

街角的乞兒與小狗

一枚硬幣

叮噹聲

敲不響命運的門

護士　宣告
上帝的刑期
晴天霹靂
鮮紅色
瞬息褪如白色長廊

回到鏡中
重新塗上
鮮紅色的口紅」

最後，下面將一首拙詩獻給大家，《出塵》：
沙土與黏土的擁抱
在喧嘩的池塘
或幽靜的河流
住世

綠色大座墊
托起水面的一方方
淨地，讓我
眼觀鼻，鼻觀心

我的成長、昇華
離不開
腳下淤染的泥土
前世　今生
與泥土的依戀
是永生永世的託付

蠟質結晶的座墊
讓我調伏

雜染　回歸
自潔本性

科學家
在我的助緣下
用氟化物
透過人工合成
加入塗料刷出
脫塵的粉紅
或黃或紫或白或紅
紛紛綻放
自性光輝

　　無論是詩是畫，是小說或散文，我對自己創作的期許是希望能寫出「出塵」的靈氣、啟發性的頓悟、正能量的生命力。詩的寄託帶給生命無限的震撼。生命在，禪在，詩在；我願為生命的成長繼續書寫。

方　群（1966－）

　　本名林于弘，臺北市人，1966年生，臺北市立師範學院語文教育學系畢業，輔仁大學中文研究所碩士，國立臺灣師範大學國文研究所博士，曾任國小、國中、高職及大專教師三十年，現任國立臺北教育大學語文與創作學系教授，《臺灣詩學學刊》主編。學術專長為語文教學及現當代文學，創作則以新詩為主，並兼涉散文及傳統詩。

　　學術研究曾多次獲得國科會獎勵，並連續膺選校內發展學校重點特色補助計畫，評選全校優良導師獎、教學優良獎、教學著作獎等多次。創作則獲：中華文學獎、優秀青年詩人獎、藍星詩社屈原詩獎、創世紀四十周年詩創作獎、吳濁流文學獎、臺灣省文學獎、聯合報文學獎、中央日報文學獎、時報文學獎等數十個重要獎項，並入選各種文學選集。著有詩集：《進化原理》、《文明併發症》、《航行，在詩的海域》、《縱橫福爾摩沙》、《海外詩抄》、《經與緯的夢想》及《微言》；以及論文：《臺灣新詩分類學》、《九年一貫國語教科書的檢證與省思》、《初唐前期詩歌研究》、《光與影的對話：語文教學新論》、《我的第一堂作文課》、《群星熠熠──臺灣當代詩人析論》；另編有《應酬文書》、《大專國文選》（三冊）、《現代新詩讀本》、《臺灣一九六〇世代詩人論文集》及《金門詩選》（戰爭卷、風景卷）等。

方以類聚，物以群分[1]

——我的詩／我的觀

‧說什麼好呢‧

關於一個詩人的內容風格與文字特色，透過其它研究者的觀察往往是最容易取得的第一印象。以我（方群）而言，目前共出版：《進化原理》（1994），《文明併發症》（1997），《航行，在詩的海域》（2009），《縱橫福爾摩沙》（2011），《海外詩抄》（2013），《經與緯的夢想》（2014），以及《微言》（2016）等七本詩集（參見參考文獻及附錄 1-7）。至於研究的部份，碩博士論文尚未有專論出現，篇幅較長的單篇論文則有四篇，分別是：陳政彥〈人間行走——淺論方群詩作〉（《創世紀詩雜誌》第 164 期（2010 年 9 月）），徐若冰〈清醒的夢著——讀方群《航行，在詩的海域》〉（《當代詩學》第 6 期（2010 年 12 月）），鄭振偉〈島嶼‧都市‧社會——臺灣中生代詩人方群現代詩試論〉（《江漢大學學報‧人文科學版》第 31 卷第 5 期（2012 年 10 月）），以及蕭上晏〈方群的政治詩（1994-2009）〉（《臺灣詩學學刊》第 23 期（2014 年 6 月））。但這篇論文既然是「夫子自道」的性質，所以就讓作者多說一些，之前的長篇巨論就暫時先放一邊囉！

一　如何讓你遇見我

我與新詩的正式接觸，應該是在 1982 年進入師專後才開始，由於在圖書館打工的緣故，我有了比一般同學更多也更好的先天條件——不論是在詩

1　《周易‧繫辭上》：「方以類聚，物以群分，吉凶生矣。」

集的借閱，或是期刊的品讀，所以能在十八歲那年僥倖成為「文青」，外在環境其實是相對重要的因素。

關於新詩創作的起步，其實在《縱橫福爾摩沙》已有明確的說明：

> 我的第一首正式創作是〈南海四唱〉，創作背景是參加救國團暑期南臺灣活動隊，時間則是一九八四年七月。當時投給《幼獅文藝》，但不知因何緣故，足足拖延了一年多，才刊載在隔年九月號，且刊登的時候，還把作者名字中間的「於」字漏掉而成了「林　弘」（當時我尚未固定使用「方群」這個筆名）。[2]

不過我正式發表的第一首詩作，卻是 1984 年 9 月刊登在《文藝月刊》的〈九月風情畫〉（創作時間為同年 8 月）。在此同時，除了新詩的創作之外，評論、散文，甚至極短篇和小說，也多所涉獵。當校內的文學園地和文學獎已經失去競爭意義，之後便積極地向校外拓展，詩作發表以《文藝月刊》為主，評論則以《自立晚報》為核心，至於如《民生報》、《小說創作》、《國語日報》、《自由日報》、《中華日報》也都是曾經發表的版面。

1986 年 4 月，我們幾位臺北市立師專的同學創立「珊瑚礁詩社」（由張崇仁提出社名）並出版報紙型《珊瑚礁詩葉》，創刊號的發行是林於弘，編輯則是游文人，第 1-3 期是月刊；第 4 期起改為雙月刊，至 1988 年 7 月出版至 14 期後休刊，1992 年 3 月又曾短暫復刊，這段模糊的往事，也是年輕時代志同道合的重要記憶（參見附錄 8）。

隨著創作的日益累積，文學獎的參與成為必要的戰場。1986 年 9 月，我以〈荒唐騎士〉獲得「中華文學獎」大專學生組新詩第三名，這成為鼓舞我日後持續筆耕的重要助力。中華日報雖然只舉辦了這一次「空前絕後」的文學獎，但當時的獲獎多為一時瑜亮，很多更是當時或日後文壇的熠熠明星（參見附錄 9）。

2　方群，《縱橫福爾摩沙》（臺北市：麋研筆墨，2011年9月），頁132。

　　1987 年師專畢業後，我前往臺北市士林區雨農國小實習並等待兵役，此時的作品數量更多，並且開始在《現代詩》、《薪火》、《新陸》、《葡萄園》、《笠》、《曼陀羅》、《大海洋》、《秋水》、《創世紀》、《藍星》等詩刊，以及《中央日報》、《工商時報》、《大華晚報》、《自由時報》、《自立早報》等副刊陸續發表詩作。

　　從十八歲開始發表創作，到三十歲進入國立臺灣師範大學博士班就讀的十二年間，我的詩作先後結集成《進化原理》及《文明併發症》兩冊詩集[3]。關於這段時期的詩觀與創作風格，也可以從前人的評論得到印證。楊昌年曾指出：「出身科班的方群，奇的是他並沒有『中（國）文系化』的傾向，……。他的詩作沒有學院派的古典之跡，反倒多有科學性的現代詞語[4]」。陳謙則表示：「方群的詩質明朗，形象歷歷在目，不會給人過多的負擔，語言態度十足親和，他的文字不擅拒絕讀者，跟讀者永遠同一國。[5]」同樣的，向陽也認為：

　　　　方群的詩沒有奇詭繽紛的意象，沒有恣肆汪洋的詩想，只是根據著人
　　　　間的現實，在語言與文字的合理操作下，鉤描末世的荒謬與哀戚；也
　　　　異於某些懸詭而難以卒讀、扭曲炫奇而語意模糊，徒有佳句卻湊泊成
　　　　章的「拼貼詩」，方群的詩作，站立在眾花爭豔的圍圈中，反而顯得
　　　　自然不矯，清亮不濁。他延續著寫實主義的脈絡，歌哭、詠頌、嘲
　　　　諷、針砭，無一不與臺灣現實社會同一呼吸，並且給與讀者勇健自信
　　　　的感覺。[6]

3　《進化原理》由國家文藝基金會獎助出版，《文明併發症》則由行政院文化建設委員會
　　（文化部）獎助出版。

4　楊昌年，〈七彩與一白——評方群詩集《文明併發症》〉，《文明併發症》（臺北市：文史
　　哲，1997年1月），頁vii。

5　顧蕙倩、陳謙編著，《閱讀與寫作——當代詩文選讀》（臺中市：十力文化，2010年8
　　月），頁117。

6　向陽，〈擺盪在美學與生活的兩峰間——讀方群詩集《文明併發症》〉，《文明併發症》，
　　頁viii-ix。

　　表面上來看，我的大學學歷是淡江大學夜間部中文系及臺北市立師範學院語文教育學系，碩士是輔仁大學中文系，博士是國立臺灣師範大學國文學系，如此稱為「科班」實不為過，但我五專的學歷是臺北市立師專普通科社會組，退伍後插大的第一志願其實是歷史系，只是後來陰錯陽差進了中文系，所以我當然有中文系的一般特質，卻也有迥異於中文系的個性，這些在我的日常生活展現，也在我的創作裏實踐。

　　至於就創作的主題來看，向陽曾指出：「《文明併發症》，收詩六十一首，根據題材與性質不同，分為六輯。輯一為情詩、輯二寫心境、輯三為生活所見、輯四寫臺灣山水、輯五與輯六則為對臺灣社會與政治現象的諷喻與關注。這六輯的編排，顯現了方群的詩，多半來自生活，是一個詩人和他自己、和社會聲息相通的記錄，也是一個詩人對於臺灣的真情流露。[7]」

　　向明也表示：「方群詩作所有的主題，也似乎都是這樣有意的表現他深情的人道思想。對生存的面臨的各種歧義，都以關懷與同情的開闊胸襟，進行觀察與彌縫。[8]」所以「在新世代詩人之中，方群是一個寫詩多年，堅持以詩作見證生命、關懷現實的詩人。他的詩，清新可讀，有著細密的紋路，而絕不纏雜；意象掌握明銳，節奏處理輕快，在八、九〇年代的後現代新世代浪潮中，是少數繼續七〇年代寫實主義寫作風格的新秀。[9]」是相當精確的評價。

　　然而必須注意的是，「幽默」與「反諷」也是此時方群重要的特色與表現技巧。向明說：「方群並沒有一直以這種嚴肅，方正的面目示人，不時他也會吹出一聲輕鬆的口哨，或者幽別人一默。」楊昌年則表示：「篇章最多的，該就是表徵反諷、批判的靛采詩作了。」向陽也說：「方群的這本集子，更可觀的部份在於他對臺灣社會、政治現象的嘲弄，而又多半出以反諷

7　同前註，頁ix-x。

8　向明，〈未知中的真知──讀方群詩集《進化原理》〉，《進化原理》（宜蘭羅東：凱拓，1993年5月），頁4。

9　向陽，〈擺盪在美學與生活的兩峰間──讀方群詩集《文明併發症》〉，《文明併發症》，頁viii。

方式寫作的詩作。[10]」而這類作品與技巧結合的風格,也一直是我早期詩作的重要特色。

總的來看,此時的我篤信白居易所說的:「文章合為時而著,歌詩合為事而作」(〈與元九書〉),文學具有針砭社會的作用,它是一種真實的反映,也是一些解決的想法,更是個人良心的投射。

二 那純粹是另一種玫瑰

1996 年我以孫山的名次進入國立臺灣師範大學國文學系博士班就讀,四年半後在邱燮友教授的指導下,以《解嚴後臺灣新詩現象析論》獲得博士學位,並於 2001 年轉往國立臺北師範學院(國立臺北教育大學)語文教育學系(語文與創作學系)任教迄今。在博士畢業的前後,我一方面撰寫研究論文,另一方面也持續創作,當時竟連續獲得:第十六屆全國學生文學獎大專散文組佳作(〈哈莫與山豬〉,1998),第十七屆全國學生文學獎大專新詩組第三名(〈詩箋三首〉,1999),第二屆臺灣省文學獎新詩類首獎(〈眾生〉,1999),第十二屆中央日報文學獎新詩評審獎(〈逆光的旅行──在希臘〉,2000),第二十五屆時報文學獎新詩評審獎(〈航行,在詩的海域〉,2002)。創作是否能與學術研究「相輔相成」,這也許是一種驗證的實踐。(參見附錄 10-13)

在歷經十二年的漫長等待,經由礐研筆墨有限公司楊淑凌小姐的讚助,我又陸續出版:《航行,在詩的海域》、《縱橫福爾摩沙》和《經與緯的夢想》三本詩集[11]。其中《航行,在詩的海域》是 1998-2008 年的創作選集,在經歷 1/4 個世紀的淘洗後,這本詩集可算是我之前成績的小總結,不論是島嶼的書寫,戰爭的刻畫,人性的省思,抒情的感慨,後現代的突破,城市

---

10 同前註,頁 xi。

11 另有《海外詩抄》為大陸出版的簡體字版,然其所有詩作皆已收錄於《經與緯的夢想》一書,故此處不重複討論。

的素描，以及大多數得獎作品的展示，在主題建構與技巧表現的種種探索，都已是耽精竭慮的揮霍。就如：

> 我開始懷疑我們是否同文同種
> 在偶遇的街頭也能以相同的語言溝通
> 迎面撲來的：：〉＿〈：：和^_^
> 不停的侵襲病變的思考中樞
>
> 反省居然可以形成一種時尚的動作
> 我實在找不到氣到不行的理由
> 至於專家與達人的有效區隔
> 或是理髮基數的單位算法
> 以及挨罵的被動原則等等
> 的確是很難澄清的飄移概念
> 還有那些不倫不類的臺灣國語
> 用符號流行的替代心情
> 竄擾成網路文化的驕傲圖騰
>
> 81 或 886 ㄅ差別 5 仍無法 6 解
> 縱然 5 來自火★也 4 這樣ㄅ堅持
> 5→U 3344 ㄅ○○崇拜
> From Orz 開 4
> XD[12]

　　在千帆過盡後，我也有了不一樣的領悟：「存在的意義也許只是如何解釋的技巧問題。對我來說，安心的寫詩是一種幸福，寫詩的心安是一種承

---

12 方群，〈一篇關於文字ㄅ華麗冒險〉，《航行，在詩的海域》（臺北市：糜研筆墨，2009年9月），頁154-155。

諾，我喜歡這種幸福，也將實踐如此的承諾。[13]」於是，這是我當時的思考與實踐：

> 這是最初　也可能是最終的航行
> 我們拋棄慣性的諧擬思考
> 穿梭尷尬的空格和斷句　解構
> 紛雜意象的迂迴斷續或主觀承繼[14]

在過度繁瑣的鍛鍊與反思後，接下來的具體轉變，便是連續兩本旅行詩集的產出。《縱橫福爾摩沙》收錄 2003-2010 年於臺灣及離島間的踏查體會，《經與緯的夢想》則是 1995-2013 年在世界各地的旅行筆記。關於兩者的區別，我曾自道：

> 迥異之前的綜合型編年分類，《縱橫福爾摩沙》是我第一次以「主題」為出版屬性的嘗試，而這樣的突破，也獲得比以往更熱烈的迴響，於是也更堅定了我持續以「計劃書寫」為取向的思維。雖然早在準備《縱橫福爾摩沙》的同時，《經與緯的夢想》也已略具雛形，而此一理想的建構與實踐，仍有待自我期許的不斷要求，以及奔波於海內外論文發表與專題講座之餘，如何偷閒取暇的紅利所得。[15]

「有別於之前集聚焦於臺灣的設定，《經與緯的夢想》拉開了更遼闊的時空象限，將座標向四方擴展延伸。[16]」因為工作性質的需求，我有了雲遊四方的機會，不論是島內或島外，而這樣的「小確幸」，也導向與自然的和諧相處。

---

13 方群，〈跋：如果／還有／明天〉，《航行，在詩的海域》，頁255。

14 方群，〈航行，在詩的海域〉，《航行，在詩的海域》，頁239。

15 方群，〈跋：夢與想的經緯〉，《經與緯的夢想》（臺北市：釀研筆墨，2014年6月），頁220。

16 同前註。

山走到這裏就累了
一躺下──
濺起滿身閃爍的月光

疲憊的夜色仍沿著公路緩緩挺進
等待黎明的脊背，鼓動
風的翅膀

在太陽悄悄升起的地方
總有些容易氾濫的陌生情感
跟著心情起伏
隨著浪花擺盪[17]

　　然而這樣簡單的夢想，卻是一場漫長的實踐。2013 年 11 月 26 日，我由於突發性心肌梗塞病倒北京，在北京大學第三醫院面臨生死關卡的試煉，以及前後四次手術的煎熬後，開始有了不一樣的想法。畢竟「活著，是一顆最珍貴的果實，如何珍藏，如何品味，只在簡單的一念之間。[18]」人的生活若是如此，詩的創作又何獨不然？詩集封面內頁設計者帥魚禾也說：「方群這本旅遊詩集少了批判，多了閒適。[19]」於是轉向平凡中追尋驚喜，也成了方群詩作的更新嘗試。

三　看他造出個什麼世界

　　2016 年 6 月出版的《微言》是最新的一本詩集，以較小的「口袋書」開本設計，並搭配紫鵑的攝影相互表現，其原始發想如下：

---

17 方群，〈在花蓮〉，《縱橫福爾摩沙》，頁90。
18 方群，〈跋：夢與想的經緯〉，《經與緯的夢想》，頁222。。
19 帥魚禾，〈記憶的堆疊，情感的增溫：《縱橫福爾摩沙》設計說明〉，《縱橫福爾摩沙》，頁135。

原本盤桓腦海的，是完成一本《方群微型詩選》，這個念頭雖縈繞已久，但始終沒有付諸行動，一切都只是浮沉漂泊的海市蜃樓。[20]

然而在 2014 年的聖誕夜，某個不知名的靈感被觸動了，這個系列的寫作正式展開，原本的規劃是在一個月內完成五十首（一百則）由詞析字的創作。但計劃永遠趕不上變化，從一開始的興致勃勃，到隨後的且戰且走；從最早的一日數首到隨後的數日一首，乃至一月數首不等；最終到 2015 年底劃上句點，或快或慢，或少或多，終究還是給自己一個必須交待的交待。[21]

　　目前我對詩作的追求，偏向於「精緻化」，畢竟，「中國文字選擇以方塊結體的形式逐步演化，然後組字成詞、構詞成句、聯句成篇，這些簡單的架構，負載了數千年的文化與思想。每個獨立的字體各有其可解或不可解的緣由，而字與字相遇後的轉異變化，卻也讓中國語文的樣態更加璀璨繽紛。[22]」這樣的目的即是：「用最少的語言，獲致最大的感動。[23]」蕭蕭也如此評論：

這部詩集的特色在於每首詩的題目都是兩個字，這兩個字自然成詞，卻又可以獨立成詞，詩人就單字獨詞發揮，二字可以互為呼應，也可以自力更生，且不一定去切合題目二字詞的原意，有的切合多，有的切合少，這也是詩所努力留給讀者的想像空間，智者見其智，仁者見其仁。[24]

　　《微言》的努力，也是目標與理想的新轉變與再耕耘，這樣嘗試與努

---

20 方群，〈自序　與謬思握手〉《微言》（遠景：新北，2016年6月），頁17。
21 方群，〈自序　與謬思握手〉《微言》，頁17-18。
22 方群，〈跋　雨後書〉《微言》，頁202。
23 蕭蕭，〈推薦序　唯微言能大其義〉，《微言》，頁6。
24 蕭蕭，〈推薦序　唯微言能大其義〉，《微言》，頁7。

力，也是一種面對自我的挑戰。就如壓卷的〈退休〉所述：

〔退〕

倒過來

看

我一樣，向前。

〔休〕

趨向靜止，可能

是

另一種啟動的

慾望[25]

「退步原來是向前」，靜止也是另一種啟動的開端，「退休」也許反而是「不退也不休」，創作也是「捨」與「得」的抉擇，詩人的目光與雙手，就是這樣的專注實踐。

就文學發展的流變來看，「新詩發展百年以來，有對古老傳統的念念不忘，也有對西方繆思的五體投地，而在眾多不同面相的花花世界，我們所執著的，也許只是那些僅存的信仰。[26]」就內容取材的方向來看，不論是從早期的社會關懷，到之後的自然書寫，到現在對文字內外的剖析組合，包含人與社會、人與自然的互動影響，最終仍將邁向人與自我的實踐。對形式的追求，我始終不曾放棄；對文字的鍛鍊，我決心精益求精；對內容的探索，我尊重社會自然的所見所感。至於從形式設計的方面觀察，個人以為：

詩之所以吸引眾生，關鍵就在於它的精緻典雅，詩雖有古今之別，但

---

25 方群，《微言》，頁196-197。

26 方群，〈跋　雨後書〉《微言》，頁203。

對形式內容的要求卻千古不易。對詩人或讀者言,連篇累牘的贅詞廢語,絕對比不上簡潔精確的隻字片言,而上天下地的奇思妙想,往往都能因靈光一閃而產生意想不到的巨大共鳴。[27]

知名的詩人非馬曾說:「如果我的小詩已很好地表達了我所要表達的,我幹嘛要把它摻水拉長?如果我小詩都寫不好,誰還有胃口要讀我的長詩?[28]」所以,「小巧精緻」也是我當前的創作觀,「小」是「篇幅」,「巧」是「構思」,「精」是「琢磨」,「緻」是「完美」。個人也將以此為標的,繼續在無邊際的遼夐詩海,勇敢地航行與探險。

---

27 林於弘,《臺灣新詩分類學》(臺北市:鷹漢文化,2004年8月),頁327。
28 非馬,〈漫談小詩〉,《臺灣詩學》第18期,1997年3月,頁18。

參考文獻

一　專書

方群（1994.05），《進化原理》，宜蘭縣羅東鎮：凱拓出版社。

方群（1997.01），《文明併發症》，臺北市：文史哲出版社。

方群（2009.09），《航行，在詩的海域》，臺北市：礫研筆墨有限公司。

方群（2011.09），《縱橫福爾摩沙》，臺北市：礫研筆墨有限公司。

方群（2013.03），《海外詩抄》，北京市：《讀詩》編輯部。

方群（2014.06），《經與緯的夢想》，臺北市：礫研筆墨有限公司。

方群（2016.06），《微言》，新北市：遠景文化事業有限公司。

林於弘（2004.06），《臺灣新詩分類學》，臺北市：鷹漢文化企業股份有限公司。

顧蕙倩、陳謙編著（2010.08），《閱讀與寫作——當代詩文選讀》，臺中市：十力文化出版有限公司。

二　期刊

非馬（1997.03），〈漫談小詩〉，《臺灣詩學》第 18 期，頁 18-19。

徐若冰（2010.12），〈清醒的夢著——讀方群《航行，在詩的海域》〉，《當代詩學》第 6 期，頁 179-184。

陳政彥（2010.09），〈人間行走——淺論方群詩作〉，《創世紀詩雜誌》第 164 期，頁 61-66。

鄭振偉（2012.10），〈島嶼‧都市‧社會——臺灣中生代詩人方群現代詩試論〉，《江漢大學學報‧人文科學版》第 31 卷第 5 期，頁 21-26。

蕭上晏（2014.06），〈方群的政治詩（1994-2009）〉，《臺灣詩學學刊》第 23 期，頁 189-211。

附錄 1 《進化原理》正面

附錄 2 《文明併發症》正面

附錄 3 《航行，在詩的海域》正面

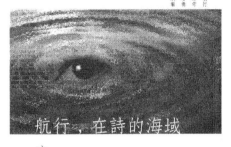

附錄 4 《縱橫福爾摩沙》正面

附錄 5　《海外詩抄》正面

附錄 6　《經與緯的夢想》正面

附錄 7 《微言》正面

附錄 8 《珊瑚礁詩葉》創刊號正面

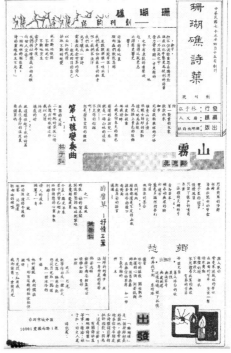

附錄 9 「中華日報文學獎」得獎名單剪報

附錄 10「全國學生文學獎」獎座

附錄 11「中央日報文學獎」獎座

附錄 12「臺灣省文學獎」獎座

附錄 13「時報文學獎」獎座

王　勇（1966－）

　　筆名蕉椰、望星海、一俠、永星等。一九六六年出生於中國江蘇省，祖籍福建省晉江市安海鎮；一九七八年末定居菲律濱馬尼拉。已出版現代詩集、專欄隨筆集、評論集十部。經常獲邀出席國際華文學術研討會並宣讀論文，詩作多次獲獎，也多次應邀擔任文學獎評審。

　　現任世界華文微型小說研究會副會長、世界華文作家交流協會副秘書長、菲律濱華文作家協會秘書長、馬尼拉人文講壇執行長、菲中友好協會副理事長、菲律濱宋慶齡基金會秘書長、菲律濱中國華東聯誼總會秘書長、菲中一帶一路經貿文化促進會秘書長、中國僑聯海外委員、安徽省海外交流協會副會長、福建省海外交流協會理事、四川省海外交流協會理事、兩岸和平發展聯合總會顧問、菲律濱中國和平統一促進會常務委員、菲華商聯總會外交委員、菲華各界聯合會委員等眾多社會職務。

閃小詩的書寫情懷

　　當下是一個閱讀圖像化、碎片化、網路化的時代，尤其處在世界華文文學邊緣的東南亞國度，一切以商業向馬首是瞻，文學、文化並沒有受到應有的平等關注與重視，華文文學更是處於自生自滅、逆境圖強、逆流而上的艱難境遇中，幾乎不存在專業華文作家，絕大部分作者都是以業餘愛好從事創作。

　　有鑒於臺灣著名詩人林煥彰早先在東南亞華文詩壇推廣六行（含六行）規制內的「小詩磨坊」群體的小詩創作，我曾經在菲律濱踐行過「菲華小詩磨坊」；由於其更像一個小群體而在推廣時過諸多受限，同時我又最先在東南亞宣導、推廣新興的漢語「閃小說」這種精短文學樣式，便整合兩者所長，提出「閃小詩」這一名稱，並身體力行，至今已出版四本閃小詩集，第五本也已編就。

　　「閃小詩」所強調的極簡、至簡，不是簡單或單一，而是極簡主義生活方式在詩意空間的具體落實。極簡是一種超越、超脫的瞬間性自我完成，是通過靈視對自身的再認識，是借由「以戒為師」的自我規範後，重新對自由的再定義。

　　現在世界上正在興起一種極簡的生活美學，希望從中獲取最大的精神自由。證之於文學，證之於現代詩，我選擇用「閃小詩」來呼應，來記錄我對庸常生活的靈光感受、感悟與判斷。

　　我堅信生命激情、生活積纍、生死感悟成就詩意人生，現代人、都市人雖然無法自外於工業化、科技化、網路化的尖端社會，但回歸心靈與生活的極簡追求，卻是可行的。

　　極簡生活的表達特徵是：多用名詞、動詞，少用形容詞、副詞。其實，這也即是「閃小詩」的絕殺之技。

一　借題發揮

　　自從探索閃小詩創作，便特別關注微詩的信息，發現新名稱、新試驗還真不少，其中搞得比較有聲勢的是「截句」，一種三行不用題目的微詩形式，據說是受到李小龍「截拳道」的啟發。

　　其實，網路與微信圈早已風行三行的微詩，與「截句」同樣定為三行，形式相同，名稱互異。因而，「截句」的獨創性不高。

　　我宣導的以六行為限、不超過五十字的「閃小詩」，有最基本的三個美學特徵：一、靈光閃現，二、借題發揮，三、哲思禪性。

　　五十字的上限，不包括標點符號，因為現代詩是可以用空格來代替標點符號的；但有時候標點符號有其特殊的使用意義。

　　我對閃小詩最看重，也是最具特色的不是靈光閃現或哲思禪性，而是「借題發揮」，順勢而為。

　　之前似乎極少人注意或強調，詩題出現的文字會儘量不再詩中重複出現，除非有特別作用或不可避免。而我的閃小詩又以擬人化的詠物為主，做到把生活中、身邊的大小物品皆可提煉成為詩的題材，聯想出完全出乎詩題的內容與寓意。這也才是平凡題材百書不厭的秘訣。

　　去年四月至十二月，九個月內寫了一百七十二首，輯成《刀劍笑》。今年上半年的首五個月寫了一百九十六首，又輯成《日常詩是道》；六至七月份又寫了一百零五首。我堅持詩興常在，詩即生活，生活即詩。

　　寫詩這些年，既有自知之明也不乏自信。即然要探索一種小詩模式，自然必需持之以恆的書寫實驗，不斷拿出成果。

　　當筆下、眼中、心間無物不成詩時，就可不依靠靈感也能創造詩意。會不會有浪費寫中、長詩的題材問題，不但完全沒有，反而為我今後的中、長詩書寫準備了素材。今後只需拿出閃小詩的某些意象，便可再作伸延性發揮，寫出同題的中、長詩來，這正是我決定以快速度完結一首閃小詩的意義所在，即不用在繁忙的工作之餘，為了構思一首多意象的中、長詩而太過費時、費神！

二　興詩問道

　　閃小詩除了靈光閃現、借題發揮、哲思禪性三個要素之外，還有興詩問道與舉一反三。

　　先說「興詩問道」。傳經詩歌創作有賦、比、興，也即《詩經》主要的表現手法。「賦」是鋪陳，對事物直接陳述，不用比喻。「比」是比喻，以彼物比此物。「興」是聯想，觸景生情，因物起興。這種表現手法，是詩創作的主要形象化方法，影響至今。閃小詩主要取「興」之因物起興與觸景生情的妙用，以達心與物遠的境界。

　　「舉一反三」乃是一句成語，意思即從一件事情類推而知道其它許多事情。《論語・述而》：「舉一隅，不以三隅反，則不復也。」後以「舉一反三」謂觸類旁通。《北堂書鈔》卷九八引〈蔡邕別傳〉：「邕與李則遊學鄙土，時在弱冠，始共讀《左氏傳》，通敏兼人，舉一反三。」

　　閃小詩雖是新興的小詩美學，但任何一種文學樣式的奶水無不來自傳統。

　　興詩問道，要大有興師動眾之勢，才能造成群詩壓境的力量。舉一反三則在庸常生活司空見慣的平凡之處，一再發現不同的奇妙轉折。

　　以下舉兩首為例：

　　其一是拙作〈手電筒〉：「革命的槍聲響自／天邊，一道道閃電／穿過夜色冒雨奔襲／／你卻在黎明到來前／慷慨就義」

　　其二為菲華詩友小鈞的〈漢文鉛字〉：「在報館的鉛字房裏／看到／成堆的鉛字／我用手掌按下去／印在掌心的是／殷紅的中國字／那是我的血／暢流過的緣故」。此詩雖為八行，但只用了四十五個字，並無超過閃小詩五十字的上限，把詩句間略調到六行即符合閃小詩的規例。

　　其詩雖寫的是掌心接到以前報館鉛字房裏的鉛字，但通過「興詩問道」與「舉一反三」就聯想的字上的殷紅，是作者心中的熱血暢流過的緣故。

　　我的〈手電筒〉中的閃電、黎明都是在形象地表達手電筒的光作用，但只寫小小的手電筒就沒有意思了，而是提升到革命、奔襲、就義的高度。此時，已然「道非道，非常道」了！

三　詩中歲月

三十多年前創作了〈爸爸的草鞋〉：「爸爸的草鞋／濕而且爛／／爸爸曾穿著它／揹我翻山越嶺／如今，爸爸的草鞋／靜靜地靠在海外／／可是我知道／這雙草鞋裏／藏了好大好大的一片土地」。這首詩刊載於國內外不同報刊，多次被評家賞析、引介，並選入中國大陸出版的重要詩選。

當年的心態，隨著融入的深化，已然有了變化。今年的六月五日，完成了它的續篇〈兒子的皮鞋〉：「爸爸的草鞋，濕而且爛／爸爸穿著它揹我翻山越嶺／如今，爸爸的草鞋／靜靜地靠在海外／可是我知道，這雙草鞋裏／藏了好大好大的一片土地／／兒子的皮鞋，黑而且亮／兒子穿著它帶我吃香喝辣／如今，兒子的皮鞋／匆匆地奔跑在千島的夢土／可是我知道，這雙皮鞋裏／藏了好長好長的一條征程」

詩可以抽象，也可以真實；我選擇抽象中的真實；似幻實真。人生何其不是如此？真的難道就是永恆？永恆的只是一場夢。

用六行內的「閃小詩」記錄生活瞬息萬變的時空狀變與生命感悟，用了五手絕招：靈光閃現、借題發揮、哲思禪悟、興詩問道、舉一反三。

再用十行以上的詩來表達生活、生命的立場，採取抒情、寫真、陳述、聯想的手法，儘量在口語中展現詩意、詩韻、詩魂。寫來倒也得心應手。

寫詩三十五年的體會是，當詩與生活碰撞、交溶後產生的文字，便是一行行生命的詩。所謂的技巧，都隱藏在文字的背後，技巧的痕跡都已退位給內涵，為內涵而服務著。

詩中歲月曾有過多少風雲翻捲、雷霆電閃，紅塵滾滾，人生如流；詩人依然如中流砥柱，站在詩宇宙的中心信守自己的良知與忠魂，聆聽來自心靈深處的那一縷不絕的玄音。

明白了一個順序：詩為我生，非我為它活。

2016 年 7 月 31 日

楊慧思（1967－）

　　香港大學教育碩士，研究「香港中學新詩跨學科課程」，現為中學教師、香港「藍葉詩社」秘書長，臺灣「秋水詩社」同仁。曾獲香港大學頒發「新詩教學獎」、二〇〇七年世界詩人大會頒授「新詩創作金獎」等。出版詩集《詩＠情》、《四葉詩箋》、《失落的季節》、《詩影》。主編詩畫集《詩情畫意》及《藍色翅膀》，微型小說集《藍色季節》，新詩教材《新詩創作教與學》。

以〈母愛〉為主題的新詩教學

一 引入

　　若論人間真情，母愛必為首選。歷來多少詩人以優美的文字，真摯的情懷，歌頌母愛的偉大無私和奉獻犧牲，可見母親是最值得尊重和感恩的人，從小孩呱呱墮地而至長大成人，每時每刻都活在母親的護庇下。母親的臂彎是最安全的地方，任何情況下，母親一定會支持、安慰孩子，不離不棄。老生常談的一句話「世上只有媽媽好」，我們都感受過母愛的力量，但如何將這份對母親的感激化為詩歌，那就必須讓同學細味詩人的獨特闡釋。通過歌頌「母愛」的詩歌，同學們更容易掌握蘊藏無窮真愛的詩句，最後為母親獻上一首愛的詩歌。

〈媽媽真好〉　　林煥彰

　　媽媽把洗好的衣服，／晾在有陽光的地方；／乾淨的衣服擺動著，／像跳舞一樣，／好像是在說：／媽媽真好，媽媽真好。

　　以〈媽媽真好〉作為新詩教學的引入，因為這首詩主題明確、集中，思想統一，而且精簡自然，作為教學範例極為貼切。無論是甚麼程度的中學生，對新詩的理解能力各有不同，由於新詩的形式對同學而言較為陌生，所以在選材的考慮時要由淺入深，讓同學容易接受和掌握。〈媽媽真好〉正好切合教學的需要，中學生正踏入青春期，身邊最親密的人莫過於媽媽了，通過這首簡潔的童詩，表現詩人對媽媽的感謝，令同學感同身受，產生共鳴。

　　這首短詩的最大特點，在於詩意方面運用了豐富的意象：詩人通過媽媽每天為我們洗衣服，將媽媽對孩子的愛行動化、形象化；同時也透過衣服的乾淨、整潔，讚美媽媽真好。在詩藝方面，詩人運用簡潔明快的文字，貼切

的比喻帶出主題，詩的末句重覆「媽媽真好，媽媽真好。」加強了詩的韻味，也能體現新詩的最大特色：通過語感感受詩歌的節奏美。

雖然〈媽媽真好〉只有短短六行，但當中帶出的深意卻非筆墨所能形容，而且給予孩子很多想像和討論空間。藉著這首童詩，老師問同學：「除了幫我們洗衣服外，媽媽還幫我們做些甚麼？」同學的反應也許是「燒飯」、「清潔」、「溫習功課」、「燙校服」、「買東西」。從〈媽媽真好〉一詩，讓同學們一再體會媽媽每天為我們辛勞的付出，雖然看似是小事，但我們也要表達從心底流露的謝意與感激。

二　朗讀

〈紙船——寄母親〉　冰心

我從不肯妄棄了一張紙，／總是留著——留著，／疊成一隻一隻很小的船兒，／從舟上拋下在海裏。

有的被天風吹捲到舟中的窗裏，／有的被海浪打溼，沾在船頭上。／我仍是不灰心的每天的疊著，／總希望有一隻能流到我要他到的地方去。

母親，倘若你夢中看見一隻很小的白船兒，／不要驚訝他無端入夢。／這是你至愛的女兒含著淚疊的，／萬水千山，求他載著她的愛和悲哀歸去。

為了讓同學感受新詩的節奏美，最好先要同學反覆朗讀〈紙船——寄母親〉。首先分析內容，並從「感情、思想」及「形式、手法」兩方面討論。引導同學體會冰心真摯的感情，詩中表達女兒對母親的愛，也深刻理解到母女之間的親密關係。此外，通過「紙船」更能體味詩中的意象，詩人將抽象的愛具體化，寄意深遠。

同學在反覆朗讀新詩時，特別要他們注意發音正確、吐字清晰，以及語

調的掌握。新詩的節奏分輕重、緩急、抑揚、頓挫，形成一種韻律。最後要求同學加入自己的感情，透過文字的理解，讓同學將感情融入聲音，投入詩的內容，發揮以聲音感染別人的效果。

三　鞏固

透過林煥彰的〈媽媽真好〉及冰心的〈紙船──寄母親〉，同學已初步認識新詩的形式及寫作手法。之後，可以進一步深化同學對新詩的理解及分析，因此選了〈愛的力量〉以鞏固學生的學習所得。

〈愛的力量〉　楊慧思

小時候／母親是位魔術師／魔法棒一揮／美味佳餚滿桌上／別出心裁的玩意／填滿稚子心靈／為童年的天空鋪滿七色彩虹

成長時／母親是位音樂家／指揮棒輕揚／奏出優美的生命樂章／徜徉青蔥路上／是一曲接一曲的「慈母頌」／伴我多少個無眠晚上

如今／母親是件藝術品／歲月滄桑／無情地刻鏤在她的臉容上／一頭雪花白髮／無損母性的光華

任時光流逝／這份愛的力量／依然撼動心間

	提問	回應
1	這首詩表達了甚麼主題？這首詩是寫給誰的？	這首詩的主題是母愛，是女兒寫給母親的，歌頌母親的偉大。
2	作者分別以甚麼東西形容她對母親的印象？這是甚麼修辭手法？	小時候（母親是位魔術師）；成長時（母親是位音樂家）；如今（母親是件藝術品）。這是（暗喻／隱喻）的修辭手法。

3	徜徉青蔥路上／是一曲接一曲的「慈母頌」，作者表達的是甚麼感情？	作者感謝母親在她成長的歲月中，一直扶持和鼓勵，幫助她成長。
4	以新詩的句式，完成下面的續寫。	（生病）時 母親是（我的溫度計）

四　賞析

　　同學在細讀三首「母愛」的新詩後，可以進一步分析其它以母愛為主題的詩歌，並且深入欣賞及思考其中的內容，從不同的角度了解詩人如何描述自己的母親，及對母親表達的心底話。四首新詩的內容層遞漸進，藉此引導同學深入反思自己與母親的關係。

（1）母親，你是我傾訴的對象……

〈告訴媽媽〉　　向明

甚麼事／都想告訴媽媽——／昨夜著涼了／鞋有點打腳／老師誇我好／頭髮一梳就掉一大把

甚麼事／都是媽媽教的——／吃飯要端碗／走路不哈腰／常想別人好／切莫說大話

從五歲活到了五十歲／甚麼事都還想告訴媽媽／記得媽媽說的每一句話／永遠也少不了媽媽／還沒有發現／誰可以代替媽媽

　　詩人以最簡單、直接的情感道出對母親的信任、依賴。在母親面前，我們永遠是孩子，這是一種最自然、坦誠、毫無造作或虛偽的關係。當孩子面對複雜的人事，不能分辨是非時，唯一可以信靠的只有母親。只有母親能為我們緊守秘密，永遠站在孩子的立場，因為孩子的幸福，就是母親畢生的心願。

詩人甚麼事都想告訴媽媽。你有甚麼事想告訴媽媽呢？

▶（4）歲時。媽媽，我想告訴你（在幼稚園老師誇我有創意）。

▶（6）歲時。媽媽，我想告訴你（我不習慣小學的生活）。

▶（13）歲時。媽媽，我想告訴你（我很享受中學生活）。

▶（20）歲時。媽媽，我想告訴你（我不懂寫大學論文）。

▶（23）歲時。媽媽，我想告訴你（我找到了我的另一半）。

▶（30）歲時。媽媽，我想告訴你（我會用心珍惜所有）。

（2）母親，你是我明淨的鏡子……

〈井〉　犁青

媽媽囑咐我回鄉時／撿回她遺失了四十年的鏡／鏡——還能看到她圓月似的臉蛋麼

媽媽曾經天天在鏡前梳妝／她的圓圓臉龐很甜　很美／——如果浮萍和落葉塗亂了明鏡／就把它拭擦乾淨吧！

她媽還說／那一泓清澈的明亮也是老奶奶的心／冬天——微熱蒸蔚／夏天——
清涼沁心

我循著小徑探行／天色灰灰　鏡面黑黑／有一條透明的塑膠管爬這爬那／它那涓涓滴滴的透明／能滋潤媽媽乾渴已久的希望麼？

　　詩人將母親的心視作一面清澈明亮的鏡子。通過這面鏡子，或許可窺視母親的內心世界。母親為了孩子，將自己的希望、渴想甚或心事都深埋在鏡子裏。這是母愛的另一種形態。「它那涓涓滴滴的透明／能滋潤媽媽乾渴已久的希望麼」。曾幾可時，孩子會嘗試拭擦那面塵封的鏡子，用心靈去洗滌鏡面的暗啞與鏽痕，使母親的鏡子重現透明的美麗。

詩人以「鏡」聯想到母親。提起媽媽，你會想到甚麼對象呢？

▶我會想到（洋娃娃），因為（小時候嚷著要媽媽買）。

▶我會想到（水晶），因為（媽媽很喜歡水晶的擺設和飾物）。

▶我會想到（甜品），因為（媽媽很喜歡吃甜品）。

▶我會想到（針線），因為（媽媽經常替我把掉了的鈕扣縫在衣服上）。

（3）母親，你是我的情人……

〈電話之約〉　蔡克霖

思念／牽動每一個周末／和遙遠的故鄉聯絡／這便是我和母親的／電話之約

又是周末／我想母親／又在電話機旁守候／聽遠方都市的呼喚／聽遠方兒女的呼喚／當悅耳的鈴聲響起／這個世界都將靜靜地／分享甜蜜

我聽到了母親／拿起電話機的聲音／扯動電話線的聲音／輕輕抹掉眼淚的聲音／多像上一個周末／母親長長叮嚀的／最後一句

幸福的母親／和遠方的兒女／共度著周末／那興奮的話語／悄悄地通過網路／向整個世界宣佈／她一生所設置的頻道／從沒有發生過故障

　　詩人與母親分隔兩地，只有通過每個周末的一通電話盡訴親情。這種似遠還近的距離，像熱戀中的情人般，既苦澀卻甜蜜。對母親的牽掛未有一刻稍減，因為母親是孩子最親蜜的情人。母親「那興奮的話語／悄悄地通過網路／向整個世界宣佈／她一生所設置的頻道／從沒有發生過故障」。只有母親的頻道能穿越時空、排除萬難、不受阻礙，直抵孩子的心窩，因為母親擁有獨一無二的「愛的頻道」。

　　詩人和媽媽通過電話溝通。你認為最佳的溝通方法是甚麼？

▶我最愛以（面書）方式和同學溝通，好處是（無論身處任何地方也可以聯繫）。

▶我最愛以（周記）方式和老師溝通，好處是（通過文字把生活的點滴跟老師分享）。

▶我最愛以（手機短訊）方式和兄弟姐妹溝通，好處是（隨時隨地也可以跟他們溝通）。

▶我最愛以（面對面）方式和媽媽溝通，好處是（直接對話，十分有效）。

（4）母親，你是我此刻的思念……

〈清明〉　王妍丁

上帝把所有的眼淚都灑在清明／讓一個本該又清又明的日子布滿陰霾／淅淅瀝瀝纏纏綿綿哀哀切切的雨絲／把所有的道路所有的腳印都浸濕了

為了尋找父親的撫愛和母親的嬌寵／我默默地走向郊外的墓園／手捧著一種獨有的懷念／每一片綠葉都有一瓣心香

時間遠去　層雲密裏／我仍然能夠聽到殺人的弓箭聲／蒼山喋血　大海哀鳴／每一朵浪濤　都有訣別的叮嚀

四月的雨水織成豎琴／誰在彈撥哀婉的樂曲／讓每一片記憶都漂著淚水／讓每一個音符都裹著憂傷／憂傷的樂曲從　心中擴散／在天上瀰漫　在水中流淌

　　四月的清明是思念母親的季節。隨著紛紛細雨，孩子孤獨的足印，那份思憶及淡淡的哀愁輕滲於空中。詩人不禁問「誰在彈撥哀婉的樂曲／讓每一片記憶都漂著淚水／讓每一個音符都裹著憂傷」。孩子對母親的思念猶如小提琴奏出的調子，既哀怨纏綿也流淌著一抹似盡未盡的愁緒。

詩人在清明節想起逝世的母親，你會在甚麼節日想到媽媽呢籌

▶（母親節）令我想到媽媽，因為（這個節日是紀念母親的）。

▶（新年）令我想到媽媽，因為（媽媽會弄年糕和湯圓）。

▶（聖誕節）令我想到媽媽，因為（媽媽會陪我吃聖誕大餐）。

五　創作

同學在閱讀、理解及分析四首以「母愛」為主題的詩歌後，將所吸收的養分慢慢轉化，應用到新詩寫作上，最後以「母愛」為主題，創作新詩。且看同學們的作品：

作品一　〈檔案〉

那一部電腦由你手中接過——

我打開第一個檔案／儲存了那絆倒的我／是你挽我小手伴我走

我打開第二個檔案／儲存了那受挫的我／在你的安慰下平靜了

我打開第三個檔案／儲存了那生病的我／從你手中吃過那苦口良藥

我打開最後的檔案／等待著儲存我們以後每一段記憶

作品二　〈幸運〉

母親的白髮／是為我燃盡的檀香／母親臉上的皺紋／補綴我完美的夢想／母親的雙臂／扶我走上生命正軌／母親壓彎的背／是我實現理想的長梯／當我站在成功的頂峰／面對如潮的掌聲／心中千言萬語／化作一句／母親／我有幸做你的女兒

作品三　〈髮夾〉

那熟悉的髮夾／每一天／總掛在她的髮上

鮮花綻放的春天／抬頭看見／那簡樸的髮夾／襯上那頭烏黑的秀髮／多麼樸實多麼秀麗

現在／垂頭看見的／卻是那滿佈鏽紋的髮夾／在斑斑的白髮上／盛滿煩惱　擔憂

為何鮮花不再盛放／點綴那陳舊的髮夾／因為她要把最好的／留給孩子

作品四　〈貝殼〉

曾經　多麼渴望／放眼　七彩繽紛的水世界／自由　成為夙願／直率自然是我的個性／沉默是不快的表現／每刻充滿憤怒的顏色／獨你無私奉獻／默默抵受深海的暗湧／以致湛亮的外殼被砂石不歇地琢磨／堅硬的身軀被衝擊至粉碎／你卻　毫無怨言

　　詩歌能淨化心靈，以「母愛」為主題引入新詩教學，不但能讓學生親自體驗新詩的美感，也從中提升學生的品德情意素質。正如《學會學習：學習領域－中國語文教育》（香港課程發展議會，2000）中指出品德情意的培養「在『個人』層面主要的要求是人格的優化……由親愛家人做起，以至於關心日常生活所接觸的其它人……透過閱讀、欣賞文學作品，可以培養情意和品德，而透過創作則可以抒發真摯的情感，提煉出美的意念，甚或昇華到善的境界。」中學語文課程滲入新詩的教學元素，結合品德情意教育，以「母愛」作為新詩教學主題。而教學設計以學生為主導，在教學過程中，營造開放、互相尊重和接納的氣氛，讓同學自由發表意見、抒發感受，沒有標準答案。另一方面，透過討論和分享，同學不斷反思，從而建立正確的價值觀，藉此提升同學們道德實踐的意願。

　　古希臘哲學家柏拉圖早在《文藝對話集》中說過：「語言的美……都表現好性情，所謂『好性情』……是心靈真正盡善盡美。」中國當代美學家宗

白華認為「一切美的光是來自心靈的源泉，沒有心靈的映像，是無所謂美的。」由此可見，語言美及行為美取決於心靈美。以品德情意結合新詩教學，能真正體現心靈美與語言美的結合與互動。

參考書目

方光燾（1997）。《方光燾語言學論文集》。商務印書館。

王振昆，謝文慶，劉振鐸編（1983）。《語言學資料選編》上冊。北京：中央廣播電視大學出版社。

宋宣（2004）。《結構主義語言學思想發微》。四川：四川出版集團。

秋水詩社（2009）。《秋水詩刊》114 期。臺灣：秋水詩社出版。

胡壯麟、朱永生、張德錄編著（1989）。《系統功能語法概論》（A Survey of Systemic-Functional Grammar）。湖南：湖南教育出版社

香港課程發展議會（2000）。《學會學習：學習領域——中國語文教育》。香港：教育局。

香港課程發展議會（2001）。《中國語文課程指引》（初中及高中）。香港：教育局。

香港課程發展議會（2001）。《學會學習－課程發展路向》。香港：教育局。

許國璋（1997）。《許國璋文集》。商務印書館。

郭谷兮主編（1988）。《語言學教程》。陝西：陝西人民教育出版社。

陳嘉映（2003）。《語言哲學》。北京：北京大學出版社。

喬利奧・C・萊普斯基（1986）。《結構語言學通論》。北京：中國社會科學出版社。

單周堯、黎活仁等編（2005）。《我的母親》。香港：香港大學中文系。

葉蜚聲、徐通鏘（1981）。《語言學綱要》。北京：北京大學出版社。

趙元任（1968）。《語言問題》。臺灣：商務印書館。

劉潤清等編（1988）。《現代語言學名著選讀》。北京：外語教學與研究出版
　　社。

錢冠連（1993）。《美學語言學——語言美和言語美》。深圳：海天出版社。

Kwan, T.Y.L & Ng F.P., (2000). Emerging through active participation, the professional journal of a primary Chinese teacher, *Changing the Curriculum : the impact of reforms of Hong Kong's primary schools*. Hong Kong：The University Press, 2000, 120-139.

Ng F.P., Tsui A.B.M. & Marton F., (2001). Two Faces of the Reed Relay-Exploring the effects of the medium of instruction, *Teaching the Chinese Learner.* Edited by J. Biggs and D. Watkins , Hong Kong, CERC, The University of Hong Kong, 2001.

Richard J., (1985). *Longman Dictionary of Applied Linguistics*, Harlow：Longman.

范　軍（1972－）

　　副教授，文學博士，畢業於中國南開大學文學院，曾執教於中國國立華僑大學文學院，亦曾講學於菲律賓、印尼等國家，現任教於泰國華僑崇聖大學中國語言文化學院，主要從事宗教文化與文學、海外華僑華人、海外華文文學等學術領域的研究。出版《佛教地獄觀念與中古敘事文學》等學術專著三種，發表學術論文數十篇。現任泰國留學中國大學同學總會寫作學會理事、泰華作家協會會員。

工作經歷

2014 年至今	泰國華僑崇聖大學	文學院	副教授
2012-2014	泰國華僑崇聖大學	文學院（公派教師）	副教授
2004 年 7 月-2013 年	中國國立華僑大學	文學院	副教授
1994 年 7 月-1998 年	山東省濟甯藝術學校	文化教研室	助教

國外工作經歷

2007 年-2013 年	07-12 年連續五年在中國華僑大學與泰國華僑崇聖大學合辦的碩士研究生班（泰國 曼谷）講授《中國概況》
2008 年 4 月	在中國華僑大學與印尼智民學院合辦的碩士研究生班（印尼 雅加達和泗水）講授《中國文學史》
2007 年 4 月	在國家僑辦組織的菲律賓漢教師資培訓班（菲律賓怡朗、苗格律）講授《中國文學》

白靈五行小詩詩藝管窺

一

　　雖然筆者自中學時代就是詩歌發燒友，曾與一眾同學好友開辦校園文學社，寫詩作文，不亦樂乎！直至碩士研究生階段畢業論文都是以現代漢語詩歌作為畢業論文的選題，然而自從博士求學階段轉向古典文學，則在古典文學方面投注更大的精力，對於新詩漸漸疏遠了，而對於臺灣新詩更是孤陋寡聞。正如詩人蕭蕭曾在接受大陸媒體時說過，兩岸當代詩歌屆的互相了解都是非常匱乏的，大陸讀者一般只了解洛夫、余光中這一代詩人，而臺灣讀者大多也只是了解八十年代初期朦朧詩這一期的詩人，雙方的陌生狀態既反映了普世性的詩歌的落寞，也反映了兩岸當代詩歌交流的不足。

　　來到曼谷工作以後，很有幸結識了臺灣詩人林煥彰先生、白靈先生、蕭蕭先生等，并承蒙白靈先生惠贈他的詩集《五行詩及其手稿》。作為詩人，白靈先生出版有詩集有《後裔》、《大黃河》、《沒有一朵雲需要國界》、《白靈·世紀詩選》、《白靈短詩選》、《白靈詩選》、《愛與死的間際》、《女人與玻璃的幾種關係》、《昨日之肉》、《五行詩及其手稿》，童詩集《妖怪的本事》、《臺北正在飛》等。

　　在早期的詩歌創作中，詩人雖然多創作長詩，但也曾經嘗試短詩的寫作。一九八七年，詩人就在《文訊》月刊發表《小詩時代的來臨──張默〈小詩選讀〉讀後》，那時即對於小詩給予了較大的注目。一九九六年又於《臺灣詩學》季刊發表《畢竟是小詩天下》一文，次年又與向明先生合編《可愛小詩選》，由爾雅出版社出版，繼而在《臺灣詩學》季刊策劃「小詩運動」提出以百字為度的小時標準，此後臺灣詩歌界逐漸形成十行或百字以內作為小詩的標準的共識。可以說數十年來，詩人一直著意經營短詩創作，力圖完善五行這一種新詩的文體形式。

　　詩人說，詩是宇宙之花。德國哲學家謝林在其《造型藝術和自然的關係》一文中多次談到，感性個體可以在一剎那中把握永恆，而這只有通過詩歌等藝術將存在的本質從永恆之中顯現出來，這是詩歌藝術的存在意義，也是人乃至整個世界存在的價值。哲學家卡西爾在其《人論》中也這樣說：「把哲學詩歌化，把詩歌哲學化——這就是一切浪漫主義思想家的最高目標。真正的詩不是個別藝術家的作品，而是宇宙本身——不斷完善自身的藝術品。因此一切藝術與科學一切最深的神秘都屬於詩。」[1]當銳感的詩人體驗到宇宙人生的美妙與奧秘的那一瞬間總是轉瞬即逝的，而這種興發感動形諸文字就是詩。葉嘉瑩先生在《迦陵論詞叢稿》中說過：「在《境界說與傳統詩說之關係》一文中，就曾提出说：『興發感動之作用，實為詩歌之基本生命力。至於詩人之心理、直覺、意識、聯想等，則均可視為心與物產生感發作用時，足以影響詩人之感受的種種因素；而字質、結構、意象、張力等，則均可視為將此種感受予以表達時，足以影響詩歌表達之效果的種種因素。』對於前者，我曾簡稱之為『能感之』的因素；對於後者，我曾簡稱之為『能寫之』的因素。」[2]中國詩歌向來重視興發感動的力量，這一感動是瞬間的，形諸文字也是短小的，所以中國詩歌歷來都是以短詩律絕為主流。

　　《黃帝內經·靈樞》中第六十四篇〈陰陽二十五人〉有言：「黃帝曰：陰陽之人何如？伯高曰：天地之間，六合之內，不離於五，人亦應之。」[3]在詩人看來，「『五行配五』因是中醫學的理論基礎，似也是天地陰陽二元對立統一為一『道』的另一形式的掌握，以及虛實相生有無色空質能互動互擊時產生藝術混沌美學之一種暫時的面向。如是中醫以五臟作為人體最基本之要素，並將五臟與五行、五方、五時、五氣、五色、五音、五官、五體、五液、五情、五志、五味、五臭、五聲等等天地人事物對應相配，建立了所謂臟象理論，其實不過　是『萬物皆備於我』、化繁為簡的易之哲學另類展現。

1　〔德〕恩斯特·卡西爾著，甘陽譯. 人論[M]. 上海譯文出版社，1985：198.

2　葉嘉瑩. 迦陵論詞叢稿[M]. 石家莊：河北教育出版社，1997:7

3　郭靄春. 黃帝內經靈樞校注語譯[M]. 貴陽：貴州教育出版社，2010：417.

由此利用『五行詩』（乃至乘以二之十行詩）來表現人的情志，似也可視為上述歸納天地萬物乃至人之生理、病理與人之五臟間相互聯繫的一種似有似無的規律。」[4]白靈先生的五行詩可以目之為當代的絕句，「五行詩可以被看成介於有意和無意之間的形式，它是一個基數，就像我們的五根指頭一樣，可以透過它們的比劃、彎 曲、變形、變幻的靈活度，表現由 0 至 10 的任一數字，因此它也是二與三、四與一的集合體，和六至十的縮減，以是有些五行詩可能由一行詩擴充而得、或是十行詩濃縮減肥而成。這其中的拿捏都是希望在有限的行數內，將情感純化至某個恰當的簡單形式。」[5]五行足以構成一個包羅萬象的藝術世界，形式靈活富於彈性，語言也精緻簡潔。從白靈先生已經完成的大量作品來看，他的五行詩嘗試是成功的。

　　本文擬通過對白靈先生的五行詩作進行品讀和簡要的分析，研討他在詩歌形式探索方面所取得的成就。白靈先生自稱是「撚斷根鬚型」的苦吟詩人，雖然不盡然是「為人性僻耽佳句」，然而亦有「語不驚人死不休」的詩聖遺風，他的五行詩創作尤其注重對語言的苦心經營，這在他的《五行詩及其手稿》中即可對其幾易其稿乃至十幾易其稿的咬文嚼字、反覆推敲的艱苦的創作歷程略見一斑。欲在短短五行的短小篇幅間傳達出豐富的內涵，除了對詩的主題加以深化昇華外，的確也需要在字句上精心錘鍊。

二

　　白靈先生的五行詩是舊體詩中的絕句，是古典音樂中的室內樂，是書畫中的小品。雖然形制不大，然而結構精工，文質優美。白靈先生的五行詩似乎不著眼於宏大主題、宏大敘事，但是尺水興波、咫呎千里，小中見大地營造「一沙一世界，一花一天堂」的豐滿內涵。

　　譬如下面這首傳統題材的小詩〈西湖泛舟〉：

4　白靈. 五行詩及其手稿[M]. 臺北：秀威信息科技股份有限公司，2010:14～15.
5　白靈. 五行詩及其手稿[M]. 臺北：秀威信息科技股份有限公司，2010:15.

　　整面湖裝滿了中國衰老的雲

　　小船划過去，幾千年的魚尾紋

　　古老的倒影被遊艇攪碎後又還原

　　柳煙下行人把杭州走得若有若無

　　蘇堤古蒼蒼，只捧紅了半湖荷花

　　這首詩是傳統詩歌常見的名勝登臨有感的題材，西湖是一個擁有深厚文化積澱的題材，可以從很多角度入手，詩人卻是寫西湖的古老：整面湖裝滿中國衰老的雲，小船劃過水面形成的漣漪是幾千年的魚尾紋，古老的倒影或許是保俶塔或許是雷峰塔吧古蒼蒼的蘇堤捧出半湖荷花。古老的杭州，古老的西湖，古老的蘇堤，古老的魚尾紋，就是這是千年的古風古韻，足以一慰詩人的文化鄉愁吧。主題是傳統的，可是藝術表達卻是十分新穎的，譬喻精新，擬人妥帖，又古又新，這個感覺正是杭州西湖給人的感受。

　　再如這一首〈老婦〉：

　　沙灘上浪花來回印刷了半世紀

　　那條船仍不曾踩上岸來

　　斷槳一般成了大海的野餐

　　老婦人坐在窗前，眼裏有一張帆

　　日日糾纏著遠方

　　這首詩的題材源自舊體詩詞常見的閨怨題材，很容易令讀者想起溫庭筠的「過盡千帆皆不是，斜暉脈脈水悠悠。」但是白靈先生的這一首深化了傳統詩歌的主題，就是因為題目是「老婦」。守候在窗前的老婦，等了半個世紀，丈夫或情人出海的船永遠不會回來了，可是老婦的眼裏永遠有一張帆，日日糾纏著遠方，這是現代版的望夫崖的故事，是一個充滿悲劇感的故事，比傳統詩歌常見的少婦思歸，在感情衝擊力更勝一籌。

　　白靈詩歌注重主題內涵的開掘，還表現在為數不少的詠物這一類題材的

作品上。例如〈鐘擺〉：

> 左滴右答，多麼狹小啊這時間的夾角
> 游入是生，游出是死
> 滴，精神才黎明，答，肉體已黃昏
> 滴是過去，答是未來
> 滴答的隙縫無數個現在排隊正穿越

　　寫鐘擺也即是寫時間，時間無形無相，很難把握，可是詩人抓住鐘擺的滴答聲：「滴，精神才黎明，答，肉體已黃昏／滴是過去，答是未來／滴答的隙縫無數個現在排隊正穿越」。在那滴答聲中，無數個現在已變成過去，時間就在滴答的縫隙中逝去。

　　再如〈掌紋〉：

> 陽光、風雪，哭和笑
> 興高采烈地坐進小船，一艘艘
> 航入運著命的浪濤裏
> 不論划多遠，總有幾座山遠遠地
> 伸出雲端，隱約似如來佛的手指頭

　　掌紋是就是手相，常被用來作為預言命運的依據。詩歌巧妙地手相掌紋與孫悟空跳不出如來佛的手掌心聯繫起來，使詩歌充滿了奇思妙想。詩歌將命運比喻為汪洋大海，可是生命的小船無論如何也劃不出如來佛的手心，由此比喻命運的前定和無從擺脫，表達面對命運的無奈。詩歌用了雙重譬喻，將命運比喻成大海，人生的小舟劃不出大海；同時又將掌紋比喻為如來佛的手掌，命運就如同如來佛的手掌心，是無法逃脫的。

三

　　法國象徵主義詩人瓦雷里認為：「嚴格地稱為『詩』的東西，其要點是使用語言作為手段。」他又將「純詩」看成是「對於語言支配的整個感覺領域的探索。」[6]在俄國形式主義文論家什克洛夫斯基的眼裏詩歌的語言形式甚至和內容一樣重要：「形式的概念又得到一個新的意義，它不再是外殼，而是有活力的具體的整體，它本身便是內容，無須任何變化」。[7]形式主義詩論還強調詩歌語言的「陌生化」，什克洛夫斯基在其〈作為程序的藝術〉一文中指出：

> 被人們稱為藝術的東西之所以存在就是為了要重新體驗生活，感覺事物，為了使石頭成為石頭。藝術的目的是提供作為一種幻象的事物的感覺，而不是作為一種認識；事物的「反常化」程序即增加了感覺的難度與範圍的高難形式的程序，這就是藝術的程序，因為藝術中的接受過程是具有自我目的的，而且必須強化；藝術是一種體驗人造物的方式，而在藝術裏所完成的東西是不重要的。[8]

　　白靈先生的五行小詩就非常注重詩歌語言的錘鍊和打磨，比喻、擬人、象徵等修辭手段使得詩句有著奇妙驚人的表現力。例如〈風箏〉：

> 扶搖直上，小小的希望能懸得多高呢
> 長長一生莫非這樣一場遊戲吧
> 細細一線，卻想與整座天空拔河

6　[法]瓦雷里.純詩[A]. 現代西方文論選[C]. 上海譯文出版社，1983:27.
7　[俄]什克洛夫斯基. 俄國形式主義文論選[C]. 北京：三聯書店，1985:31.
8　[俄]什克洛夫斯基. 西方文藝理論名著選讀[C]. 北京大學出版社，1987:383.

上去再上去，都快看不見了

沿著河堤，我開始拉著天空奔跑

　　詩歌從放飛風箏是牽著的一條風箏線聯想到人生就是一場與天空拔河的遊戲，風箏愈飛愈高，「我」彷彿在拉著天空奔跑。整首詩想像奇特，比喻發前人所未發，精驚之至。

　　又如〈湖邊山寺聞鐘聲〉：

心事懸而未決

晚鐘就響了

風拂過湖面

那細細的漣漪

想是鐘聲步行的痕跡了

　　鐘聲不容易描摹，因其是抽象的。但是詩人有辦法，將其比喻為風掠過湖面泛起的漣漪，真是形象傳神之至，因為在物理學上，震動與聲音的傳播是一樣的，都是呈波狀的。

　　再如〈颱風 I〉：

螢光幕上幽浮來又幽浮走的，是個壞球

下墜球會到香港，上飄球則入蘇杭

當門窗都被吹成口哨，螺旋早把臺灣捲入瘋狂

沒有一棵樹挺腰揮棒，茫茫大海中誰是投手

衛星揉眼看，小心！又一顆變化球側身投出

　　將颱風比喻為棒球投手的投球，這一奇思妙想，也是想落天外的獨創吧。而且是連環投球哦，「衛星揉眼看，小心！又一顆變化球側身投出」。

　　還有〈迷你裙〉：

　　　春天把雪線

　　　捲得很高

　　　而絕白

　　　仍隱在雪線之上

　　　只有春風偷吻得到

　　這首詩將迷你裙的裙擺長度比喻為雪山的雪線，也是想像力驚人，如此描寫裙子恐怕是前無古人吧。

　　最後，〈龍捲風──給性〉：

　　　狂飆的中心旋轉著一支軟柔的豎笛

　　　天擠迫著地，野獸野獸著

　　　簫聲纏繞簫，最柔的綑綁最硬的

　　　當愛席卷了一切，詩句會丟棄何方

　　　原野又漸漸空無成一張荒涼的床

　　詩歌將龍捲風比喻為風花雪月的事，或者將性事比喻為狂暴的龍捲風，也是比喻出人意表，構思奇特而耐人尋味的。

　　白靈先生的五行詩在詩行排列上也是很講究的，「在有限的行數內，將情感純化至某個恰當 的簡單形式。如此文白分配比例、上下排列、圖像化等，均可能在五行之內展開，如前兩行將之對偶句化（如〈乘船下漓江〉）、上下句長短對比（如〈子夜城〉）、形象圖式化（如〈鐘擺〉），或三二句分兩段（如〈撒哈拉〉）、四一句分兩段（如〈孤獨〉）等等」[9]。限於篇幅，關於這一方面的研究只能留待另文探討了。

9　白靈. 五行詩及其手稿[M]. 臺北：秀威信息科技股份有限公司，2010:15.

劉正偉（1967－）

臺灣苗栗人，現居桃園。佛光大學文學系博士。《乾坤》、《華文現代詩》詩刊編委，《臺客》詩刊、《詩人俱樂部》FB 網站創辦人，野薑花詩社顧問、中華民國新詩學會監事。曾任公司負責人 20年，現為國立臺北大學、國立海洋大學兼任助理教授。

曾獲：全國優秀青年詩人獎。臺灣日報臺中風華現代詩評審獎。鹽分地帶文學獎現代詩獎。苗栗縣夢花文學獎新詩首獎。中華民國新詩學會詩運獎等。2015 雲林縣文化處草嶺創作者計畫得主。

著有詩集：《思憶症》、《夢花庄碑記》、《遊樂園》、《我曾看見妳眼角的憂傷》、《新詩絕句 100 首》。

編著有：《早期藍星詩史》、《覃子豪詩研究》、《早期藍星詩社（1954-1971）研究》、《新詩播種者──覃子豪詩文選》、《臺灣詩人選集──覃子豪集》等。

主要興趣為現代詩創作、詩評與油畫、攝影等。

我的創作觀與東南亞詩友論道

一　前言

2016 濁水溪詩歌節「詩學研討會」的主題為：「水的漣接‧情的盪漾——濁水溪畔談詩論藝」，分明是水與情的盪漾，亦是雲與風的交融，海與山的共鳴，人與人的交會。

濁水溪詩歌節一直秉持著實施宗旨：

> 顯揚濁水溪流域藝術傳統，承繼濁水溪流域文學精神；
> 提振中臺灣新詩欣賞品味，培育新世紀青年寫作熱忱。

「濁水溪詩歌節」是由明道中文系與國學所結合彰化縣文化局共同推動的國內三大詩歌節之一，從 2006 年開辦以來，歷十年有成名聞海內外，除彰顯在地特色外，也越來越多元變化，成果讓人刮目相看。

2016 濁水溪詩歌節結合臺灣與東南亞詩人，更彰顯主辦單位彰化縣政府與明道大學郭秋勳校長、蕭水順院長的用心籌畫，更嵌合政府新南向政策的契機。因為不但可以因此多與東南亞各國詩人交流，拓展彼此認識及視野；也可透過往來，將中部與彰化的風光介紹至各國，更有助各國來臺留學生的成長與推動觀光，可謂一舉多得。

這次與會的東南亞詩人，計有馬來西亞李宗舜、方路、辛金順，緬甸王崇喜（號角）、新加坡李承璋（懷鷹）、杜文賢（卡夫）、泰國曾心、汶萊孫德安、香港楊慧思、菲律賓王勇等，都是各國華裔具代表性的活躍詩人。

因此，能與著名的東南亞眾多詩壇老友齊聚中臺灣，在明道大學煮茶論詩，暢意交流詩藝，是為人生一大快事。

二　我的創作觀

　　凡藝術，一切皆以呈現真、善、美為主。

　　真，除單純、無邪、純真外，亦包含呈現人生樣態中，各式現象的真實面（包含醜陋、邪惡與黑暗的真實）。因為有白天也有黑暗，排除黑暗將不是一日的全部。惟人生人世間各種黑暗面，亦可以諷諭、象徵或迂迴等手法表現。

　　善，良也、吉也、好也。我的創作觀亦有「好，還要更好」之止於至善的觀點，總希望凡事能盡力做到最好、最完善。

　　美，好也、妙也、精也。我的創作觀希望做好外，還希望創作都要有其精妙之處。因為創作是創新之作，每一個創作非為重複過去的自己，而是做到精益求精、不斷超越自己的創新且精妙之作。

　　我喜歡詩、文、油畫、攝影的創作藝術，主要也以詩和畫為主。當然藝術創作的原則幾乎相去不遠，蘇東坡讀王維五言絕句：「藍田白石出，玉川紅葉稀，山路原無雨，空翠濕人衣。」後有感而發：「味王摩詰之詩，詩中有畫；觀王摩詰之畫，畫中有詩。」其中「詩中有畫、畫中有詩」對王維的譽揚，不僅是其詩與畫意境表現刻畫的活靈活現，也代表其思想與藝術的融合達到相當高的境界。這不也是現代詩人與畫家，窮畢生所追求的境界嗎？

三　淺談新詩與創作

（一）何謂「詩」

　　詩，《說文》志也。《釋名》之也，志之所之也。《書・舜典》詩言志。《傳》心之所之謂之志。心有所之，必形於言，故曰詩言志。

　　《詩・國風・關雎序》在心為志，發言為詩。《漢書・藝文志》誦其言，謂之詩。《舊唐書・經籍志》詩以紀興衰誦歡。《尚書・舜典》：「詩言

志，歌永言。聲依永，律和聲。」《左傳》襄公二十七年：「詩以言志。」

《說文解字》：「詩，志也，從言，寺聲。古文作訨，從言，㞢聲。」楊樹達《說文十義·釋詩》：「志字從心，㞢聲，寺字亦從㞢聲。㞢、志、寺古音蓋無二。古文從言㞢，『言㞢』即『言志』也。篆文從言寺，『言寺』亦『言志』也。蓋詩以言志為古人通義，故造文者之製詩字也，即以言志為文。其以㞢為志，或以寺為志，音近假借。古詩、志二文同用，故許慎徑以『志』釋詩。」（按「永」字古通「詠」。）

篆文寫言寺，「言寺」即「言志」也。言志為古人對詩的通義，因此造文者造出詩字來，即以言志為文。古人以㞢為志，或以寺為志，音近而假借。古詩、志二字通用，所以許慎直接以「志」解釋詩。至於「寺」為寺廟的代言，是漢朝以後的事了。

寺，廷也，有法度者也。《廣韻》說寺者，司也。古時候也為官名、官署名或官舍名，例如大理寺（相當法務部）、鴻臚寺（後為禮部）。《廣韻》談到漢朝時有人從西域以白馬駝佛教經書來，剛開始停放於鴻臚寺，後來另外創建專處擺放經書的地方就引鴻臚寺的「寺」名，名為白馬寺。因此後來寺字幾為寺廟的代言，是為引申義。

詩，是一種文學體裁。詩人透過比喻、象徵、暗示、聯想等手法，以及精練的文字等形式，表達情感或思想，進而希望引發共鳴的文體。古為韻文的格律體例，今則為自由的形式。

詩，具有文學的美感、文學的趣味、人生的真實呈現或永恆的真理。

詩寫現實，詩志人生。詩即生活，生活即詩。

詩，是人類文化與智慧的結晶。詩，主要藉由文字與形式，傳遞情感。

詩無所不在，電影、廣告、音樂、文化各方面，都有詩的成份在裏面，多寡之別而已。只是以文字表達，是自古以來最精準的方式了

（二）何謂新詩、現代詩？

關於新詩與現代詩名稱的定義，在上個世紀的臺灣已經有過多次的爭

論。大陸則稱 1949 年以前的新詩為現代詩；1949 年以後的新詩為當代詩。

筆者的淺見以為：

一、新詩：相對於傳統格律古典詩，一切形式解放的新詩體。尤多稱五四運動以後的新詩形式。然也因過於籠統，辯者謂新者恆新，未來猶有更新者。

二、現代詩：筆者以為現代詩有狹義與廣義兩種：

（1）狹義現代詩：以現代派或各種現代主義理論，嚴謹定義所寫的詩。

（2）廣義現代詩：凡現代人以相對於傳統古典詩的形式與內涵，以富有現代感、現代意識，並運用現代形式與手法創作的新詩，都可稱為現代詩。廣義現代詩定義，現在逐漸為大眾與學院派所接受。

（三）新詩的內涵

1、良好的主題：（題材美、內容美）：尋找新穎的題材，完整的內容表達。
2、適當的形式：（形式美、結構美）：適當的形式表現，恰當的結構安排。
3、精練的文字：（文字美、語法美）：恰到好處的安排，無法再增損一字。
4、和諧的音韻：（聲韻美、音樂美）：注意語氣的停頓，注意聲韻的和諧。
5、意境與想像：（意境美、想像美）：完整的意境表達，豐富的想像能力。
6、跳躍的文字：小說是馬拉松、散文是散步、詩是跳舞。
7、蒙太奇手法：電影運鏡的手法，畫面跳接的功夫，完美的故事說法。
8、詩要有詩趣：要有永恆的趣味或永恆的真理，就算詩人已死，詩還新鮮。

（四）新詩的功能

子曰：「小子何莫學夫《詩》？《詩》可以興，可以觀，可以群，可以怨；邇之事父，遠之事君；多識於鳥獸草木之名。」（《論語・陽貨》）

興：起興、聯想，激發想像，感發我們的情志。（抒情詩等）

觀：觀察，觀察世間萬物、人情世故。（敘事詩、寫實詩等）

群：合群（體察群體關係），讓大家能夠和諧的相處。（寫實詩等）

怨：怨懟（從中體察民怨），我們對於社會的黑暗面有所發現的時候，可以勇敢的提出批評。（政治詩、諷刺詩等）

這是因為古人認為讀《詩經》可以培養人的這四種能力。後泛指詩所呈現或反映的社會功能。

詩（文學）不外乎：一、為人生而藝術（寫實主義）；二、為藝術而藝術（浪漫主義、現代主義）。

艾略特曾說：「詩有兩種用處，一是可保持人的想像力；二是可保持語言的彈性。」

思想先行、創作先行，詩與思想皆能引領時代思潮，甚至引發文學藝術的革命與社會體制的改革。

如果人間缺少詩、文學與文化藝術，這世界不過是機械與水泥的灰色森林。

（五）詩的做法（古今相通）：

《詩經》有六義：「風雅頌賦比興」，風雅頌是文體，賦比興是做法。

朱熹《詩集傳》說：「賦者，敷陳其事而直言之也；比者，以彼物比此物也；興者，先言他物以引起所詠之辭也。」

賦：敘述，直敘法。鋪陳其事，以直言之。

比：比喻，比喻法。以彼物比喻此物。

興：聯想，聯想法。先言他物，再興起聯想。兩種不相類及事物的聯綴。

（六）淺談新詩寫作的秘訣：

1、詩言志：多讀、多寫、多投稿。

2、每首詩，都要能自圓其說。

3、每首詩，都應有一個環繞的主題。

4、每首詩，都是一個有機的意象群組的連結。

5、每首詩，都要有一個醞釀、創造的詩境，即意境。

6、詩是精鍊的語言，詩的密度應大於文字本身表面的張力。

7、如何讓整首詩，在虛實之間，有想像力的加強與貫穿其間。

8、如何讓整首詩詩意具足飽滿又餘韻猶存，那就靠斷句、跳接與想像的功夫。

9、如何增加一首詩的深度、廣度，使其成為有玄思、哲思的詩思。

10、善用各種聯想、比喻、象徵、暗示、跳接等手法。

11、注意如何把握整首詩的形式，並如何觀照整首詩的意境表現。

12、一般人初寫詩，會比較像寫散文式的敘事。說明的語句應儘量減少。

13、詩，越簡約，詩意越飽滿，是謂精鍊。

14、詩意，不要寫盡，留三分給讀者引起心裏的共鳴，是謂余韻猶存。

15、一首詩完成後，應反覆對照、推敲，調整詩行並慢速朗誦看看，使其有音韻的美感。

16、寫不出東西時：讀詩（書）、旅遊、與朋友交談，都能引起共鳴，擦出詩想的火花。

四　淺談與會東南亞詩人

　　這次濁水溪詩歌節東南亞詩會來訪的貴賓，我最熟悉的就是李宗舜（黃昏星），其次是每天在詩人俱樂部可以讀到詩作詩評的好友，新加坡詩人懷鷹（李承璋）、卡夫（杜文賢）和菲律賓詩人王勇兄。其次是有過一面之緣的辛金順、楊慧思。緬甸王崇喜（號角）則在《乾坤》詩刊專輯中讀過大作。

限於篇幅，就來談談我認識的馬華詩人李宗舜與他們在臺灣時期神州詩社的故事吧！

上個世紀的 1970 年代，一批熱血沸騰的馬華青年，在當時的自由中國寶島臺灣，闖蕩出一齣轟轟烈烈的「神州」傳奇。詩人李宗舜，原名李鍾順，在這段傳奇中筆名黃昏星。黃昏星詩名在臺灣詩壇相對比較響亮，據聞他原意取筆名「天狼星」，無奈當時大馬已有溫任平組織的天狼星詩社。

天狼星詩社、神州詩社也罷，與溫任平、溫瑞安兄弟還有同期這一夥馬華詩人，無不深受臺灣現代詩壇及余光中等人的影響。臺北，似乎又是當時華人詩壇心目中的長安，「長安不見使人愁」。這一夥熱血青年，遂想方設法到臺灣留學，試圖闖出一片天地。

錯置的時空、浪漫的機緣，是神州詩社締造這齣傳奇的背景，也是最後必然遺憾的宿命？這段詩壇傳奇，在李宗舜出版相關的《兩岸燈火》、《詩人的天空》、《笨珍海岸》、《風的顏色》、《風依然狂烈》等詩文集中皆有跡可尋。

尤其在李宗舜、溫瑞安、方娥真、陳劍誰等人在 2010 年 4 月號《文訊》的「話神州、憶詩社」回顧專輯，與李宗舜在 2012 年 3 月出版的散文集（也是回憶錄）《烏托邦幻滅王國——黃昏星在神州詩社的歲月》，雖仍多語帶保留，卻有比前人更清楚的描述。尤其天狼星社長溫任平在《烏托邦幻滅王國》的序〈神州詩社：烏托邦除魅〉中，比李宗舜更清楚客觀「大義滅親」的批判了他的親弟弟，即神州詩社社長溫瑞安在神州後期的「走火入魔」似的情節，令人動容。

綜觀神州傳奇的起落，雖與詩人們的奮鬥息息相關，也與時代的氣圍和情境有關。神州詩社傳奇這個烏托邦王國的幻滅，肇因有二：一是詩社有其幻滅的必然，即錯估形勢。當時的臺灣當局歷經退出聯合國以及與日、美等國相繼斷交等外交困境，已經了解「反攻大陸」是不可能的任務，而有如南宋朝廷偏安的想法。神州卻打著比右派臺灣當局更右的「極右派」旗幟，每天「聞雞起舞」似的招兵買馬、強身習武，神州諸子又何異於南宋的岳飛？

二是神州領導人的走火入魔：權力使人癡狂，也使人迷惑與腐化，然而當事人卻往往不自覺的入魔成魅，所以後來有前述溫任平〈神州詩社：烏托

邦除魅〉這篇除魅真言。這個烏托邦王國的「國王」後期的造神（造王）運動，諸如監控手段、批斗大會、罰洗張貼王與後的大幅照片等等手段，陳素芳等人後來的回憶竟是「常常作夢夢到批判大會而驚醒」，讀來令人驚悚。

胡適 1919 年在〈多研究些問題，少談些主義〉文中的這幾句話：「因為愚昧不明，故容易被人用幾個抽象的名詞騙去赴湯蹈火，牽去為牛為馬，為魚為肉。歷史上許多奸雄政客懂得人類有這一種劣根性，故往往用一些好聽的抽象名詞，來哄騙大多數的人民，去替他們爭權奪利，去做他們的犧牲。」神州這個烏托邦王國的子民又何嘗不是如此呢？但是神州詩社此前社友們的結義（聚義）、情義與奮鬥，至今仍是令人懷念與嚮往的，也對非常多詩人與馬華作家，諸如林燿德與後來寫〈龍的傳人〉的侯德健不無影響。

身為神州二當家的黃昏星，在險些病故臺北與王國幻滅之際，頓悟理想之幻滅與空泛，從而發現浩浩湯湯的傳統中華文化才是王道。浪漫的黃昏星於是改名李宗舜，這個「宗舜」是其原名「鍾順」的諧音，亦有宗法堯舜禹湯文武周公等華夏文化傳統之義。然而，神州傳奇一直是李宗舜人生經歷與詩文中的豐富的資產，也是無形的負債。認識李宗舜的人都很容易被他的熱情豪爽與真誠所打動，是個迅速可以結為莫逆之人，因為其真切誠摯無所求，即蘇洵謂：「人到無求品自高」境界之人也。

李宗舜曾為大馬著名「德士（taxi）詩人」，至今仍寫作不懈，讓人敬佩。目前他在馬來西亞「留臺聯總」任職行政主任，每年送僑生五、六千人來臺灣留學，對兩地教育與交流貢獻至鉅。

四 結語

2016 濁水溪詩歌節結合臺灣與東南亞詩人，彰顯主辦單位彰化縣政府與明道大學的用心。與東南亞各國詩人的交流，更拓展彼此認識及視野；也透過往來，將中部與彰化的風光介紹至各國，更有助各國來臺留學生的成長與推動觀光，是謂一舉多得。

這次與會的東南亞詩人，計有馬來西亞李宗舜、方路、辛金順，緬甸王

崇喜（號角）、新加坡李承璋（懷鷹）、杜文賢（卡夫）、汶萊孫德安、香港
楊慧思、菲律賓王勇等，都是各國華裔具代表性的詩人，能與著名的東南亞
眾多詩人齊聚中臺灣，在明道大學煮茶論詩，共同參與濁水溪詩歌節，至為
欣喜。

　　僅以此小文，貢獻於此次「詩學研討會」主題：「水的漣接‧情的盪
漾—濁水溪畔談詩論藝」，期待與詩友們共鳴，並盼指教。

楊　搏（1984－）

　　祖籍中國河北邯鄲。雲南大學文學學士，華僑崇聖大學中國現當代文學碩士。現定居於泰國彭世洛府，並任教於泰國國立納瑞宣大學中文系。2015年成為泰華作家協會會員，2016 年加入泰國小詩磨坊詩社。散文《鎖》入選首屆世界華文文學學會散文大賽作品集《相遇文化原鄉》，散文《夢裏來複少年身》獲 2015 泰華散文大賽三等獎，詩歌作品散見泰國各中文報刊副刊、泰華作協《泰華文學》、臺灣《文訊》、香港《香港散文詩》等。

閉眼才見的田園

我願是一個揀水雀兒

在秋天的田坎上

啄雨後的露珠

——楊吉甫《短歌抄十九》

歸宿，這個詞像一隻回巢的白鷺，在腦海中久久盤旋。第一次讀到楊吉甫先生小詩時的感受，至今仍深深記得。甚至每一次重新閱讀，這種令人難忘的，能讓皮膚起一層雞皮疙瘩的感覺，又會重新來過。

中國現代文學初期，為了打破文言古詩的傳統，一批中國詩人曾經傚仿日本俳句來創作小詩，其文學成就相比胡適的《嘗試集》雖然有了提高，但也只是曇花一現。俳句重視季節物語，重視一瞬間的禪悟，而身在水深火熱中華大地的詩人們滿腦子是啟蒙、變革、強國，心急火燎地在亂世的鐵流中做積極入世的破、拆、建，目的性極強地創作詩歌，哪有什麼時間體驗空靈與寧靜？於是下筆滿眼沉重與糾結，粗線條勾勒的詩句，就像剛學繪畫的新手的素描般。雖然當時的詩人們也重視寫景，但寫景只是一種抒情或者寓理的手段，是為了彙入「五四」的時代潮流，不僅與日本俳句的「禪悟」、「閒寂」大不相同，也與抒發個人愁情的中國古典詩歌有所區別。例如沈尹默發表於一九一八年的〈月夜〉：「霜風呼呼地吹著／月光明明的照著／我和一株頂高的樹並排立著／卻沒有靠著。」詩中的意向如「霜風」、「寒月」明顯是在暗喻社會的黑暗和壓抑，傲立的「高樹」是不屈從於黑暗的，敢於抗爭的形象等。表面上是寫景，實際上是思想的啟蒙。這無可厚非，詩歌是可以反映社會，是可以具有一個時代的特徵的，也是可以作為投槍和匕首投向敵人的。但如果一些詩歌能跨越了時代，能消解了工具性，才可以讓我們體驗到

純真與至美。在中國現代小詩創作史上，雖然我們仍能夠看到湖畔派的小詩，能夠賞析冰心宗白華的小詩，能夠吶喊田間的抗戰小詩等等，但他們就像周作人對小詩的評價那樣：「一切作品就像一個玻璃球，晶瑩透徹的太厲害，沒有一點朦朧，因此也似乎缺少一種餘香與回味」。更有很多停留在直白的說教和寓意，詩歌藝術相對匱乏，這場熱潮不久就在作者的創作瓶頸與讀者的審美疲勞中消退了。現在回過頭看，楊吉甫先生的小詩可以說是僅存的碩果，但卻被中國文學史無情地遺忘。即便當今讀來，卻只有在楊先生的筆下，才能體會久違的寧靜，體會如電影開場般慢慢淡入的質樸田園，但有個條件是，讀完請閉上眼睛。

你可以看到「雨後的蟲兒，恬睡在嫩綠的樹葉上。」簡單一句卻讓人連蟲兒柔嫩的呼吸都能感受到。

你可以聽到「不自覺的噓哨，引動了林中的鳥語。」動靜之間，人與自然之間自然地銜接通融。

駱賓王等古代詩人筆下作為高潔象徵的蟬，在楊先生詩中「像嬰兒吸乳似的，緊貼在樹上」。

貓兒就更可愛了，「午後的蟬聲細了，貓兒睡在我懷裏。」或者「裝魚的籃子放下來，貓兒趕快去檢查。」而到了秋天，遠去了熱鬧的夏，街上人都少了，但在這「寂寞的秋，貓兒繞著我的腳前腳後。」

其它動植物亦充滿可愛之情，例如「青蛙在田坎上打望，總是望著那片黃豆林。」「小狗常來我房裏聞（嗅）土地。」「我吹去，爬到我書上來的蟲兒，使它做一個跳岩的夢。」就算在農村人人喊打的老鼠，也不再那麼討厭：「這一顆瓜子落地，鼠子沒聽見嗎？許是想我出去吧。」像個躲在暗處的玩捉迷藏的小孩一樣，你甚至可以想像到它那雙明亮的小眼睛。

在這些小詩中，時間彷彿變慢了，彷彿回到了童年時期一樣，擁有無窮無盡的時間去揮霍，去周遭漫天野地撒歡。有時間「故意在橋板上踩踩腳，看它怎麼響」；有時間擡頭盯著「那枝上的雀兒，靜靜地張著嘴」並問它「熱嗎？」；有時間「揀了些石子，在流水上洗了，一路上看著花紋」；有時間在「月光下，微風拂拂，孩子們玩著自己的影子」；也有時間大清早跑到

小鎮的集市上發現「小菜初上市來，連叫賣的聲音也是新鮮的！」甚至時間多到無聊，晚上睡不著跑到村外，看「樹林裏的月色，照著肅聲的貓頭鷹，垂著頭睡了」；跑到江邊穿過「薄霧罩著江面」，詢問「船夫呵！那是你夜眠的，帳幔麼？」甚至睡不著到了「雨後的秋夜，偶而又滴一顆簷水」的境界，屋簷上間隔很久才偶而滴下的一顆雨滴，也被不眠之人聽到看到了，如此清靜啊。最後給這個清涼的，寧靜的世界來一抹熱鬧吧，於是村童發出了充滿稚氣的豪言：「今夜的草堆是我點燃的！」

這些小詩並沒有將詩壇點燃，楊先生卻被歷史靜靜遺忘，直到好友著名詩人何其芳為楊先生編撰的數量極少且未正式發行的油印本詩集傳到了歐洲漢學家馬悅然手上，在歐洲著名刊物上翻譯刊發後，才引起震驚和重視。我們可以用一句俗話總結說「是金子總要發光的」，但我想留名青史的重要性對於一位逝去的詩人，一位童心未泯的人來說，並沒多少意義。德國大詩人荷爾德林倡導「人要詩意地棲居」在大地上。他在《遠景》中向人們描述：「當人的棲居生活通向遠方，在那裏，在那遙遠的地方，葡萄閃閃發光。那也是夏日空曠的田野，森林顯現，帶著幽深的形象。」我想，楊先生通過自己的筆端，已經描繪了一種「詩意的棲居」，不同於陶淵明逃避世俗的「桃花源」，也不同於「富二代」謝靈運的山水，更不同於大地主王維，買下一座大山建輞川別墅來觀賞「明月松間照，清泉石上流」。雖然曾在大學聆聽李大釗、魯迅等名人的教誨，但楊先生只是個貧窮的鄉村小學教員，長期與疾病鬥爭著。他「臥病在異鄉的床上，一望沒有人來，再望沒有人來！」有時候看著「窗外飛雪無聲，病床上我亦無聲。」甚至發出了一絲絕望地想：「假如我就在這病院裏死去了，誰能注視到我的眼裏，那最後一顆眼淚？」楊先生於1962年12月10日因心臟病和心肌梗塞逝世，終年58歲，但楊先生，卻曾經真正在這個世界上「詩意地棲居」過。

魚與熊掌不可得兼的猶豫並不那麼持久，如讓我選，我選楊先生的世界。願終生做一村童，在大地田園上撒野，叼一根狗尾巴草，睡在月光下的乾草垛上。

然而，讀完這些詩，我會有一絲莫名的刺痛。這些詩，出自一個經歷風

雨的成年人之手，但更重要的是，他仍跳動如村童般潔淨之心。而我在滾滾紅塵之中操練著外圓內方、運籌著禮尚往來、警覺著見機行事……《孫子兵法》以及《論語》等無形的精神遺產在血液中滾動，時時刻刻在塑造著一個所謂更成熟的自己。那一方仍保留著童真的，可以任逍遙的田園大地，似乎如桃花源般撲朔迷離。我只有閉上眼睛，假裝周遭一切，包括時間，包括內心，都平靜下來的時候，那些楊吉甫先生詩中的靜美田園，才如水彩畫般淡慢顯現：遠山輕浮輪廓，近水淺淺細流，一場剛能濕潤地皮的春雨，微涼，一片初秋飄落的黃葉，透明……才能看到自己佇立在雲霧彌漫的田坎之上的身影，遙望，期盼著能再向前邁出一小步，去踩到新鮮的，濕潤的泥土，觸碰到毛茸茸的麥芒，感受手背的皮膚微微刺痛，微微瘙癢。然而即使緊緊閉上雙眼，腦海中的這一小步，如病入膏肓之人的腿腳一般綿軟乏力，難以邁出。英國詩人柯勒律治（Samuel Taylor Coleridge）在其著作《文學傳記》中曾經論述天才詩人的特質：「保持兒時的情感，把它帶進壯年的才力中去；把兒童的驚奇感、新奇感和四十年來也許天天都慣常見的事物：日月星辰，一年到頭／男男女／……結合起來，這個就是天才和才能所以有區別的一點。因此天才有首要價值，它的最明白不過的表現形式，就是他能把見慣的事物如此表達出來，使他們能夠在人們心目中喚起同樣的感覺─即一種經常伴隨著肉體與精神健康的恢復而來的那樣清新的感覺。」楊吉甫先生曾經是「五四」時代激進的年輕人之一，後又經歷種種排擠與不幸，但他的小詩中沒有對生活的憤懣和控訴。他把成熟的睿智和沉思，把我們司空見慣的周遭事物，化成一首首過於質樸以至於被長久遺忘的小詩，但卻真正做到了能以一個兒童的視角和思維展現出來，讓我們讀過之後發現，內心中，被成人世界天天追求探討的「人性」擠壓在一個角落的「童性」得到了釋放，那感覺就像柯勒律治所說的「肉體與精神健康的恢復而來的那樣清新的感覺」，說白了就是一種「大病初愈的感覺」。這根本不是一種寫作技能的成熟，或者故意為之的創作風格，這是一種天賦。

　　閱讀楊吉甫先生的小詩，讓我想起泰國小詩磨坊。小詩磨坊是東南亞著名的詩社，主要寫六行小詩，歷經十年，已經引起華語研究者的極大關注。

我有幸在 2016 年 7 月被吸收成為其中一員，但還沒有在社裏發表一篇拙作。一方面我對小詩創作還在探索思考中，我非常贊同中國大陸著名新詩研究者呂進先生對小詩的深刻見解：「小詩是多路數的。有一路小詩長於淺吟低唱，但需避免脂粉氣；有一路小詩偏愛哲理意蘊，但需避免頭巾氣；還有一路小詩喜歡景物描繪，但需避免工匠氣……無論哪一路數，小詩都不好寫。或問，製作座鐘難，還是製作手表難？答曰：各有其難。但是製作手表更難，原因就是它比座鐘小。因為小，所以小詩的天地全在篇章之外。工於字句，正是為了推掉字句。海欲寬，盡出之則不寬；山欲高，盡出之則不高。無論何種路數，小詩的精要處是：不著一字，盡得風流。」小詩難寫，充滿匠人精神的「路數」是要費盡腦汁雕琢，依靠繆斯或酒神恩賜的靈感來創作，常暴露出言之無物，讓人不得不自嘲一番。

另一方面，小詩磨坊召集人，泰國詩人曾心先生在小詩磨坊成立十週年的座談會上，面對海峽兩岸以及日本、歐洲等地的研究者，做出了「瓶頸論」，認為小詩磨坊的創作出現了瓶頸。現有已發表的研究文章幾乎都認同泰華小詩充滿「禪意」、「鄉愁」、「哲理」等，而無法挖掘到更深更廣的其它意義，因此小詩磨坊需要創新和開拓。這很有必要，但卻艱難，就像現代日本的自由律俳句和無季俳句，雖然創新突破了季語和韻律的限制，但卻無法復興古典俳句的輝煌。所以如果真如曾心先生所說小詩磨坊創作出現瓶頸，無論是吸取外在的養分，拓展創作視野，還是讓內在的修為更上一層樓之後，再目窮千里，都是可以嘗試的。我覺得楊吉甫先生的小詩，已經為小詩創作提供了一種讓人激動的可能，已經是一種極大的創新和開拓，無論在遙遠的風雲年代，還是在詩歌暗淡的當前。他的「路數」和「創新」是可以借鑒的，但他的詩又是任何有計劃地模仿所不能成功的。我們的創新和開拓，終究還是要詩人自己造化，任憑於天賦或者匠心，或者兩者皆有。

思索與品評詩歌是件有意義的事情，但有時候覺得也有種不太必要的虛妄。勿論優劣，詩就在那裏，讀一讀就好，品評來品評去，拍一些三流詩人的馬屁連自己也會覺得不好意思，安靜下來，好好感受就好。也罷，那就繼續讀詩吧。好在楊吉甫先生的小詩映入腦海之際，我會覺得自己變得年輕，

仍可以回到孩子的世界裏，讓堅硬的長滿人生閱歷老繭的凡心有個柔軟的棲息歸宿，享受一刻純淨和恬美的鄉村田園，條件是，讀完，慢慢閉上雙眼。

文學研究叢書·現代詩學叢刊　0807012

島與半島的新詩浪潮

主　　編　謝瑞隆、蕭蕭
責任編輯　張晏瑞

發 行 人　陳滿銘
總 經 理　梁錦興
總 編 輯　陳滿銘
副總編輯　張晏瑞
編 輯 所　萬卷樓圖書股份有限公司
排　　版　林曉敏
印　　刷　百通科技股份有限公司
封面設計　斐類設計工作室

發　　行　萬卷樓圖書股份有限公司
　　　　　臺北市羅斯福路二段 41 號 6 樓之 3
　　　　　電話 (02)23216565
　　　　　傳真 (02)23218698
　　　　　電郵 SERVICE@WANJUAN.COM.TW
大陸經銷　廈門外圖臺灣書店有限公司
　　　　　電郵 JKB188@188.COM
香港經銷　香港聯合書刊物流有限公司
　　　　　電話 (852)21502100
　　　　　傳真 (852)23560735

ISBN 978-986-478-031-0
2016 年 9 月初版
定價：新臺幣 300 元

如何購買本書：

1. 劃撥購書，請透過以下郵政劃撥帳號：
　帳號：15624015
　戶名：萬卷樓圖書股份有限公司
2. 轉帳購書，請透過以下帳戶
　合作金庫銀行　古亭分行
　戶名：萬卷樓圖書股份有限公司
　帳號：0877717092596
3. 網路購書，請透過萬卷樓網站
　網址 WWW.WANJUAN.COM.TW

大量購書，請直接聯繫我們，將有專人為
您服務。客服：(02)23216565 分機 10

如有缺頁、破損或裝訂錯誤，請寄回更換

國家圖書館出版品預行編目資料

島與半島的新詩浪潮 / 謝瑞隆,蕭蕭主編.
-- 初版.-- 臺北市：萬卷樓, 2016.09
面；　公分. （文學研究叢書）

ISBN 978-986-478-031-0（平裝）

1.新詩 2.詩評

820.9108　　　　　　　　　　105017505